绝命钢琴师

Shoot the Piano Player

[美] 戴维·古迪斯 著
龚晓辉 译

上海文艺出版社
上海故事会文化传媒有限公司

编委会

总策划 夏一鸣

主　编 黄禄善

副主编 高　健

编辑成员（按姓氏拼音为序）

蔡美凤　高　健　胡　捷

黄禄善　吴　艳　夏一鸣　杨怡君

名家导读

/刘敏霞

刘敏霞，中国地质大学外国语学院副教授，复旦大学英语语言文学博士后，硕士生导师，美国加州大学洛杉矶分校访问学者，世界英语短篇小说协会会员。主要研究领域为英美文学和西方文艺理论。出版专著一部，译著一部，在《外国文学评论》《当代外国文学》等本专业核心期刊上发表学术论文二十余篇，主持国家哲学社会科学基金研究项目一项，教育部社会科学研究项目一项，省级社会科学研究项目两项。

2008年，西方通俗小说领域创设重要奖项——戴维·古迪斯奖（The David Goodis Award），专门奖励社会悬疑小说即黑色悬疑小说的创作成就卓越者。该奖项以黑色小说先驱——戴维·古迪斯命名，以纪念这位美国作家对黑色小说这一类型文学的巨大贡献。该奖项的设立不仅是对戴维·古迪斯的认可，更表明古迪斯在黑色悬疑小说领域的至高地位。

古迪斯生于费城一个犹太家庭，父母是俄裔美国人，家境殷实，从事报业和纺织业。古迪斯是家中长子，聪慧过人，成绩优异，能文能武，高中毕业典礼上作为最优秀的学生致告别辞。高中毕业后进入印第安纳大学，一年后转入家乡费城的坦普尔大学（Temple University）学习新闻专业，并开始尝试小说创作。1938年大学毕业后入职广告公司，业余时间笔耕不辍，并于次年发表处女作《东山再起》(Retreat from Oblivion)，随后搬至纽约，同时使用多个笔名在多家通俗杂志上发表作品，产量之高，令人咋舌，有时一天高达万字。据统计，在搬至纽约的前五年间，古迪斯在通俗杂志上发表的小说共约五百万字，就数量而言，远远超过其前辈雷蒙德·钱德勒（Raymond Chandler, 1888–1959）和达希尔·哈米特（Dashiell Hammett, 1894–1961）。遗憾的是，古迪斯逝世后的很长一段时间内，他的绝大部分作品都未再版，古迪斯一时间几乎被人遗忘。

20世纪40年代，古迪斯开始为广播电台撰写冒险故事，同时为好莱坞创作和改编电影剧本，并与著名的华纳兄弟影业签订为期六年的合同，期间与他人合作改编多部电影剧本，包括英国著名作家威廉·毛姆（William Maugham, 1874–1965）的短篇小说《密信》("The Letter")，搬上银幕后名为《春闺怨》(The Unfaithful, 1947)，大获成功。1946年，古迪斯的黑色悬疑小说《黑暗之旅》(Dark Passage) 在报纸上连载，并结集成书，该书1946年版的精装本目前市值近千美元。次年，华纳兄弟遂将该小说拍成电影（中文名为《逃狱雪冤》），由好莱坞影星、奥斯卡最佳男主角得主亨弗莱·鲍嘉（Humphrey Bogart）和奥斯卡终身成就奖得主劳伦·白考尔（Lauren Bacall）联袂主演，由德尔默·戴夫斯（Delmer Daves）执导，被普遍认为是黑色电影的经典之作。但古迪斯不满电影对小说结尾大刀阔斧的改动，心生去意。事实上，这也是勇闯好莱坞作家的共同命运，小说《教父》(The Godfather, 1969) 的作者马里奥·普佐 (Mario Puzo, 1920–1999) 曾尖锐地指出："作家来到好莱坞，本来指望人家把他当作顶梁柱来重用，而实际上却像大多数作家一样被当成了狗屎堆。""事实就是，小说家如果去好莱坞操作他的作品，就必须接受现实，即那电影不是他的。"这期间，古迪斯还发表了多部黑色悬疑小说，其中包括《瞧这女人》(Behold This Woman, 1947) 和《暗夜追踪》(Nightfall, 1947)。

去意已决的古迪斯于 1950 年离开好莱坞，返回费城，和家人同住。他的离去导致由他改编的多部电影剧本未能拍成电影问世。1957 年，古迪斯根据自己的小说《窃贼》(The Burglar) 改编的同名电影剧本被搬上银幕（中文名为《义盗娇娃》），由保罗·温杜斯 (Paul Wendkos) 执导，好莱坞影星丹·德亚 (Dan Duryea) 和性感女神简·曼斯菲尔德 (Jayne Mansfield) 主演，好评如潮，这也是唯一一部由古迪斯独立完成电影剧本后拍成电影的作品。

重返家乡后，古迪斯经常光顾犹太人聚居的俱乐部和廉价酒吧，在那里结识三教九流，尤其是社会底层人士。此时，平装书开始取代精装书，尤其是廉价图书问世，古迪斯开始为多家平装书出版商撰写小说，为他所熟悉和同情的酒鬼、落魄失意者、无家可归者等社会边缘人士著书立传，几乎每年都有新作付梓出版，主要包括《失踪人士》(Of Missing Persons, 1950)、《卡斯迪的女人》(Cassidy's Girl, 1951)、《迷茫大街》(Street of the Lost, 1952)、《明月照沟渠》(The Moon in the Gutter, 1953)、《黑色星期五》(Black Friday, 1954)、《不归路》(Street of No Return, 1954)、《街角的金发女郎》(The Blonde on the Street Corner, 1954)、《受伤者和被杀者》(The Wounded and the Slain, 1955)、《怒火中烧》(Fire in the Flesh, 1957)和《黑夜守卫》(Night Squad, 1961)等,为古迪斯赢得黑色悬疑小说天王的美誉。其中,《卡斯迪的女人》引起一时轰动,销量过百万,古迪斯因而声名鹊起。

创作小说的同时,古迪斯还负责照顾生病的父亲和患有精神疾病的弟弟,1963年父亲病逝后,他成为母亲的唯一支柱。1966年母亲的去世给古迪斯造成致命打击,一度住进精神病院。1967年1月7日,49岁的古迪斯猝然离世,死后葬于宾夕法尼亚的罗斯福纪念园。去世前几天,古迪斯曾和窃贼搏斗,头部受伤,有人认为此次伤情直接导致死亡。之后20年,美国市场上几乎看不到古迪斯的任何作品,但他在法国却一直广受欢迎,根据他的小说拍成的电影也主要由法国导演执导,著名导演让－吕克·戈达尔(Jean-Luc Godard)甚至在他拍摄的电影《美国制造》(Made in U.S.A., 1966)中直接给其中一个角色取名为古迪斯。

1983年,古迪斯最受欢迎的四部小说在英国再版。1987年,犯罪小说出版商黑蜥蜴(The Black Lizard Press of Barry Gifford, 1990被企鹅兰登合并)重新发行古迪斯的小说。进入21世纪,古迪斯的多部小说再版,包括2007年再版的《不归路》《暗夜追踪》和《受伤者与被杀者》,

其中《受伤者与被杀者》是问世后半个世纪内第一次再版，2012年，美国经典文库 (The Library of America) 推出古迪斯系列小说，名为《戴维·古迪斯黑色悬疑小说经典系列》(David Goodis: Fiver Noir Novels of the 1940s and 50s)。

除了黑色悬疑小说创作和电影剧本改编，古迪斯广为人知的另一件事是和美国广播公司 (American Broadcasting Company, Inc., 简称ABC) 旷日持久的诉讼案。1963年，ABC开始播放电视连续剧《亡命天涯》(The Fugitive)，讲述医生金博 (Richard Kimble) 被误判为杀妻凶犯后边逃亡边寻找真凶的故事。古迪斯认为，该剧侵犯了他的小说《黑暗之旅》(Dark Passage) 版权，便于1965年起诉联美电影公司 (United Artists Television) 和ABC，索赔50万美元。该案受到广泛关注，美国作家联盟 (Authors League of America)、美国剧作家协会 (Dramatists Guild) 和美国书商协会 (American Book Publishers Association) 甚至公开发表声明支持古迪斯，但直到古迪斯去世后一审才做出判决，古迪斯败诉。随后，古迪斯家人上诉，并得到美国联邦第二巡回上诉法院支持，但由于1972年古迪斯唯一的亲人，即古迪斯的弟弟也已去世，败诉方联美电影公司和美国广播公司只支付了12,000美元，远低于索赔金额，但由于该案意义重大，成为美国知识产权保护史上的里程碑，更使古迪斯闻名遐迩。

人们一直认为古迪斯终生未婚，其讣告也未提及家室，但1986年伊莱恩·艾斯特 (Elaine Astor) 中风去世后，其子威瑟斯 (Larry Withers)

在其遗物中发现了母亲和古迪斯的结婚证，二人于1943年10月7日在洛杉矶结婚，1946年1月18日离婚，无子女。艾斯特离异后再婚生子。至此，人们才明白古迪斯作品中的女性形象前后差别如此之大，应该源于这段短暂婚姻给古迪斯带来的伤害。古迪斯前期作品中女性多为正面形象，秀外慧中，心地善良，但后期作品中女性形象截然不同，如《卡斯迪的女人》中飞机驾驶员卡斯迪的妻子米尔德丽德（Mildred）外表性感，但心狠手辣，控制欲强。

古迪斯对当代作家影响深远，尤其是美国著名犯罪小说大师杜安·史维钦斯基（Duane Swierczynski）和爱尔兰畅销作家肯·布鲁恩（Ken Bruen）。古迪斯写作风格独树一帜，语言干脆爽直，节奏明快，对话简洁，鲜有心理刻画和冗长描写，打斗场面硬冷如铁，真实反映了20世纪四五十年代美国黑恶势力横行、暴力犯罪猖獗的社会现实。

古迪斯尤其擅长塑造命运由贵变贱、社会地位急转直下的人物，如《不归路》中的男歌手，《卡斯迪的女人》中的飞机驾驶员，《黑色星期五》中的艺术家，《黑夜守卫》中的警察等。这些人物大都沉默寡言，背负着巨大秘密，含垢忍辱地承受着命运的作弄，但不管志得意满还是身处逆境甚至绝境，他们身上始终流露出存在主义的孤独和一种令人敬畏的高贵，有人将古迪斯笔下这类人物称为"高贵的废材"（Noble Losers），也许正是因为他们身上的独特品质，古迪斯的作品在法国才经久不衰。1956年发表的《落魄钢琴师》（Down There）就是这类作品的典范。1960年，法国导演弗朗索•特吕弗 (Fran ois Truffaut) 将《落魄钢琴师》搬上银幕，改名为 Shoot the Piano Player，即《绝命钢琴师》，由查尔•阿兹纳弗 (Charles Aznavour) 和玛丽•杜布瓦 (Marie Dubois) 主演，取得巨大成功，给古迪斯带来更大声名。1962 年以后，这本书以两个书名同时出版，每个版本都有不同的插图。《绝命钢琴师》是古迪斯的代表作，其硬汉派风格展现得淋漓尽致，读者可以借此管窥和领略黑色悬疑小说天王的极致功力。

在《绝命钢琴师》这部小说里，古迪斯以细致入微的叙事手法逐步揭示了核心人物曲折的命运。故事背景设定在 1956 年的费城，城市的暗巷与肮脏的房间交织成一个又一个压抑且充满恐惧的迷宫。小说的中心人物艾迪过去几年在哈里特酒吧以弹奏钢琴为生，过着安静的生活。他渴望的仅仅是保持内心宁静，远离纷扰，避免卷入任何复杂的人际关系。然而，命运似乎对艾迪有着不同的安排。他的日常生活被多年未见的哥哥特里打破，后者带着殴打和瘀伤闯入酒吧；无奈之下，艾迪只能当场帮助哥哥摆脱暴徒。名叫莉娜的年轻女招待敏锐地察觉到了艾迪的危险，两人之间逐渐建立起情感联系，而这不仅打破了艾迪自我强加的孤立状态，也预示了后续的多种纠葛。

随着故事情节的推进，古迪斯揭露了艾迪的动荡过去。他出身于新泽西州的一个农场，家境贫寒。父亲发现了艾迪的钢琴天赋，培养他弹琴。在他十四岁的时候，有人专门从费城来听艾迪演奏。十九岁时，艾迪获得了柯蒂斯音乐学院的奖学金。之后，他与心爱的姑娘特蕾莎结婚，并成为一名在卡内基音乐厅演出的音乐会钢琴家。然而，妻子自杀了，艾迪的生活和事业双双瓦解崩溃，他开始在纽约与费城挣扎求生，最终在哈里特酒吧找到了新的生活。随着叙事的推进，古迪斯还展示了艾迪与特里以及他们的哥哥克利夫顿之间复杂的关系。特里和克利夫顿从事犯罪活动，而艾迪则不得不违背自己的意愿介入其中，仿佛被绑在了一辆失控的火车上，任由命运带他驶向未知的黑暗。

古迪斯的强项在于通过对话与暗示来揭示人物内心世界的复杂性和深度。小说中的对话、沉默与犹豫，都用以展现人物在经历沉重打击后的脆弱心灵。此外，锯齿状的闪回手法，如同镜子碎片般被拼接在一起，逐渐勾勒出艾迪复杂的人生经历，独特又富有张力。小说里的其他角色，如保镖、前摔跤手，都得到了应尽的描绘。他们各自饱受生活的磨难，与艾迪的命运交织在一起，丰富了小说的背景。即使小说中的打斗场面残酷而冗长，古迪斯也始终聚焦于人物的感受和动机，展现了他们面对困境时的心理变化和情感波动。故事伊始节奏相对缓慢，为读者提供足够的时间去了解和感受艾迪的内心世界。当情节逐渐推向高潮时，节奏变得极为紧凑。叙事节奏张弛有度，引人入胜。

学者理查德·戈德温 (Richard Godwin) 认为，古迪斯擅长传递城市焦虑症候，是一位描写社会阶层与经济斗争的大师。古迪斯笔下人物的内心深处都拥有一种近乎理想主义的纯真，并非真正的愤世嫉俗者。《绝命钢琴师》里的艾迪身上强硬的男性特质并不明显，他是脆弱的、忧郁的，想要摆脱孤立，与他人建立身体和情感的联结。小说揭示了战后城市生活的阴暗面，同时又以某种方式使之显得并不残酷。读者能够在古迪斯构建的文本中找到某种萨特式的危机与存在主义的忧郁。那些被命运触动的人，他们从未失去自己的尊严和道德价值观，也没有失去感受事物的能力。从某种意义上来说，这也可以说明古迪斯的作品为何在法国更受欢迎。古迪斯对世界的看法是顽固无情的，与美国在20世纪50年代的乐观宣传形成了对比。作为一名作家，戴维·古迪斯跌入了美国梦的裂缝与断层，他笔下人物所采取的行动是美国人所不解的。在美国眼中，他是文学界的杰里·刘易斯（Jerry Lewis, 1935—2017）；而在法国人眼中，他是一位存在主义的英雄。

像波德莱尔一样，古迪斯也是一名城市漫游者，他将小说的视点聚焦在如艾迪这样的小人物身上，在流动之中探索城市现代性的矛盾与病症。《绝命钢琴师》没有浪费任何文字，生动地讲述了20世纪50年代美国社会发展背景下边缘人物的生活。正如作者所言，这部以费城为背景的社会悬疑小说是关于"失败者、被遗弃者与未被选择的人"的挽歌。

Contents

一	1		九	122
二	28		十	131
三	39		十一	153
四	53		十二	170
五	66		十三	186
六	77		十四	195
七	87		十五	224
八	99			

一

没有路灯的街，一点光也没有。这条街道位于费城里士满港路段，十分狭窄。一股冷风从附近的特拉华州刮来，似乎在告诉所有的流浪猫，它们最好找一个有暖气的地窖。十一月末的阵风拍打着午夜漆黑的窗户，一名男子倒在街上，眼睛刺痛不堪。

男子跪在路边，大口呼吸，口吐鲜血，严重怀疑自己的头骨是否破裂。他一直低着头摸黑奔跑，所以显然没有看到电线杆。他先是正面撞了上去，然后弹开，撞到了鹅卵石上，心想今晚到这个地步就放弃吧。

但你不能那样做，他告诉自己，你得站起来继续跑。

他慢慢地站了起来,感到头昏眼花。他的头部左侧有一个大肿块,左眼和颧骨有些肿胀,脸颊内侧在流血,他撞到杆子时这里受了伤。他想到自己的脸一定很难看,他勉强笑了笑,对自己说:"你干得很棒,特里。你的身体真的很结实。我想你会成功的。"他下了个决心,然后又开始奔跑,当汽车的前灯在街角闪过时,他突然跑快了,汽车也加快了速度,发动机的噪音向他逼近。

前灯的光束为他照亮了一条小巷的入口。他转过身,直冲进小巷,沿着小巷走去,来到另一条狭窄的街道上。

就是这样,他想。也许这就是你想要走的那条街。不,你的运气正在变好,但又并非那么好,我想你必须多跑几步,才能找到那条街,看到那块明亮的招牌,那是艾迪工作的酒吧,那个叫哈里特酒吧的地方。

那人不停地跑。走到街区尽头,他转身拐到下一条街上,透过黑暗寻找招牌亮着的迹象。你得去那里,他对自己说。你必须在他们找到你之前到艾迪那里。但我希望对这个街区多一些了解。我希望这一带不那么冷和黑暗,这个夜晚肯定不适合徒步旅行。他补充道,尤其是在逃跑的时候,要知道,你正在逃离一辆速度很快的别克车,而车上有两名高级投机商,他们可是真正的行家里手。

他来到下一个十字路口,朝街尾看了看,在街道的尽头有一缕橙色的光,是街角那家酒馆的招牌发出的亮光。这个招牌很旧,没有霓虹灯，只是一些孤零零的灯泡。一些灯泡被损毁了，上面的字也无法卒读。但它留下了足够多的信息，所以任何流浪者都看出来它是一个喝酒的地方。那就是哈里特酒吧。

这时，那人放慢了脚步，跟跟跄跄地朝着酒馆走去。他的头阵阵抽痛，狂风堵得他喘不过气来，他的肺要么冻僵了，要么着火了，他不太确定是什么感觉。最糟糕的是，他的腿沉重极了，而且越来越沉，膝盖也快要垮掉了。他仍然趔趄地走着，越来越靠近那块亮着的招牌，越来越近，终于到了侧门。

他打开门，走进哈里特酒吧。这个地方相当大，高高的天花板，至少落后了时代三十年。没有自动点唱机，也没有电视机。有些地方的壁纸松了，有些被扯掉了。椅子和桌子的清漆都掉光了，酒吧栏杆的黄铜一点光泽都没有。酒吧后面的镜子上方，有一张褪色的、部分被撕裂的照片，照片上一位非常年轻的飞行员戴着头盔，对着天空微笑，"幸运的林迪"，这是照片下方的文字。附近，另一张照片上是登普西[1]，他蹲下来朝冷静而技术娴熟的滕尼[2]移动。在酒吧左侧的墙上，有一幅

---

[1] 杰克·登普西 (1895 年 6 月 24 日—1983 年 5 月 31 日)，美国早期拳王，以美国海岸护卫队指挥官的身份，参加过第二次世界大战。1919 年 7 月 4 日，美国独立日这一天，时年 24 岁的登普西仅以三个回合就击败了蝉联四年世界重量级拳王的威拉德，一举夺得世界重量级新拳王的称号，轰动了世界拳坛。

[2] 吉内·滕尼：美国著名拳击运动员，全美拳击冠军。

肯德里克的镶框画,他曾在塞斯基百年庆典期间担任费城市长。

这个星期五晚上,人群把酒吧挤得水泄不通。大多数饮酒者穿着工作裤和厚底工作鞋。有些人年纪很大,三五成群地坐在桌子旁,头发花白,脸上布满皱纹,但当他们举起啤酒缸和小酒杯时,他们的手并没有颤抖。他们仍然可以像任何正常的胡特人[1]一样举起酒杯,他们坐得笔直,保持高贵的端酒姿势,以德高望重的长者模样出现在村镇的集会上。

这个地方真的很拥挤。所有的桌子都被占满了,没有一张空椅子留给这位腿脚不便的新来者。

但那个双腿疲劳的人并没有在找椅子。他在找那架钢琴。他能听到从钢琴传来的音乐,却没看到这架乐器。烟草和酒的雾气模糊了他的视线,在他眼里一切都变得模糊,几近浑浊。或许轮到我了,他想。也许我就快累垮了,就要瘫倒了。

他动了动,踉踉跄跄地走过桌子,循着钢琴曲的声音走去。没有人注意他,甚至在他跌跌撞撞摔倒的时候也没有。星期五晚上十二点

---

[1] Hut 常见英文名,音译是胡特,女生用这个名字较多,历史来源于英语,Hut 是个个性的英文名,给人的印象是温柔善良,知恩图报。Hut,其名字同单词"哈里特酒吧 hunt",hunt 其意是指简陋的小庇护所。汉斯·赫特(Hans Hut,约 1490—1527)是德国南部和奥地利非常活跃的再洗礼者(Anabaptist)。

二十分，哈里特酒吧的大多数顾客或乘着酒兴买醉，或纵酒狂欢。他们是里士满港工厂的工人，整个星期都在辛勤工作。他们来这里是为了再喝几杯，忘记所有严肃的事情，不去理会哈里特酒吧墙外太真实、太干燥的形形色色的世界。他们甚至没有看到那个从地板上的木屑中慢慢爬起来的人，他站在那里，脸上淤青，嘴巴流血，咧嘴笑着喃喃自语："我能听到音乐，好吧。但该死的钢琴在哪里？"

然后，他又跟跟跄跄地撞上了靠墙的堆积如山的啤酒箱。它们形成了一个金字塔，他双手抚着啤酒箱的纸板，沿着它摸索着前行，直到最后没有纸板的时候，他差点又摔倒了。当他看到那架钢琴，特别是看到那个钢琴家坐在圆凳上，微微弯下腰，对一切都报以淡然而恍惚的微笑时，他站了起来。这个脸上淤青、双腿精疲力竭的男人，个子很高，肩膀很宽，一头浓密的黄色卷发乱蓬蓬的，正向钢琴靠近。他走到音乐家身后，把手放在他的肩膀上说："你好，艾迪。"

音乐家没有任何反应，甚至这个男人沉重的手在他肩膀上施加了更大的压力时，他的肩膀也没有一丝抽搐。这个男人想，音乐家似乎在很远的地方，他甚至没有感觉到，他一直在那里演奏他的音乐，你不得不让他卷进去，真是奇耻大辱，但就是这么回事，你别无选择。

"艾迪。"此时男人声音更大了，"是我，艾迪。"

音乐在继续，节奏没有中断。这是一种温柔、随和的节奏，多少有点哀怨和梦幻，一缕悦耳的声音似乎在说："一切都无所谓。"

"是我。"那人一边说，一边摇着音乐家的肩膀，"特里，我是你哥哥特里。"

这位音乐家继续弹奏音乐。特里叹了口气，慢慢地摇了摇头。他想，你搞不清这个人。就好像他在云端，没有什么能撼动他。

随后这首曲子结束了。音乐家慢慢地转过身来，看着男子说："你好，特里。"

"你肯定是个很酷的家伙。"特里说，"你已经六七年没见过我了。而你看我的时候，就好像我刚从街区散步回来一样。"

"你撞到什么东西了？"音乐家温和地问道，扫视着男子淤青的脸和血迹斑斑的嘴。

就在这时，一位女士从附近的桌子边站起来，径直走向一扇标有"女士入内"的门。特里发现了那把空椅子，抓住它，把它朝钢琴拉过去，然后坐了下来。

桌子旁一个男人喊道："嘿，你，那把椅子有人坐。"

特里对这个男人说："放松点，朋友。你没看到我是个病人吗？"

他转向音乐家，再次咧嘴笑着说："是的，我撞到了个东西。街上太黑了，我撞上了一根杆子。"

"你在躲着谁？"

"不是警察,如果你想的是这个。"

"我什么都没想。"这位音乐家说。他身材中等,偏瘦,三十出头的样子。他坐在那里,脸上没有特别的表情。

他有一张愉快的脸。脸上皱纹不深,也没有阴影。他的眼睛是柔和的灰色,嘴巴柔软松弛。他浅棕色的头发梳理得很松散,很松散,好像是用手指梳的。衬衫领子敞开着,没打领带。他穿着一件皱巴巴的打补丁的夹克和一条打补丁的裤子。这些衣服看上去永不过时,与日历和男士时尚专栏无关。这名男子全名叫爱德华·韦伯斯特·林恩,他唯一的职业就是每周六个晚上的九点到凌晨两点之间,在这间哈里特酒吧里弹钢琴。他的工资是三十美元,加上小费,周薪从三十五美元到四十美元不等。这足以满足他的生活刚需。他未婚,没有汽车,也没有债务或任何义务。

"好吧,不管怎样,"特里说,"不是警察。如果是警察,我不会把你牵连进去的。"

"这就是你来这里的原因吗?"艾迪轻声问道,"把我牵连到某件事情中去?"

特里没有回答。他微微转过头,把目光从音乐家身上移开。惊愕笼罩着他的脸,好像他知道自己想说什么,但又说不出来。

"这没门。"艾迪说。

特里叹了一口气。笑容消退了一会儿，又回来了："你现在过得怎么样？"

"我很好。"艾迪说。

"没问题？"

"一点问题也没有。一切都棒极了。"

"包括财务？"

"我收支平衡。"艾迪耸耸肩，但眼睛微微眯了起来。

特里又叹了一口气。

艾迪说："对不起，特里，这绝对没门。"

"但听着……"

"不。"艾迪轻声说，"不管是什么情况，你都不能把我牵连进去。"

"但天哪，你至少能做到……"

"家里怎么样？"艾迪问道。

"家里？"特里眨着眼睛，然后他理解了这个词，"我们都很好。爸爸妈妈都很好——"

"克利夫顿呢？"艾迪说，"克利夫顿怎么样？"他指的是另一个哥哥，最年长的。

特里突然咧嘴一笑："好吧，你知道克利夫顿的情况。他还是干劲十足——"

"你罢工了?"

特里没有回答。他一直咧嘴笑着,但笑容似乎松弛了一点,他说:"你已经离开很长时间了。我们想你。"

艾迪耸耸肩。

"我们真的很想你。"特里说,"我们总是提起你。"

艾迪凝视着他的哥哥。那个渺远的微笑掠过他的嘴唇。他什么也没说。

"毕竟,"特里说,"你是个亲人。我们从来没有叫你离开。我的意思是,你在家里总是受欢迎的——我的意思是……"

"你怎么知道哪里能找到我?"

"事实是,我并不知道。不是一开始就知道。后来我想起来了,我们收到你的最后一封信中,你提到了这个地方的名字。我估摸着你还会在这里。不管怎样,我希望如此。是的,今天我在市中心的电话簿上查到了这个地址——"

"今天?"

"我指今晚。我的意思是……"

"你的意思是,当情况变得严峻时,你就会找到我。是吧?"

特里又眨了眨眼:"别生气。"

"谁生气了?"

"你很生气,但你在掩饰。"然后特里又咧嘴笑了,"我想你是从城市生活中学到了这个技巧。我们所有的乡下人,我们南泽西岛的吃瓜群众,我们永远都学不到那种把戏。我们总是要出示我们的底牌。"

艾迪不置可否。他漫不经心地看了一眼键盘,敲了几个音符。

"我陷入了困境。"特里说。

艾迪继续演奏。音符在更高的八度音阶中,手指轻轻地按在键盘上,发出一种欢快的、潺潺的小溪曲调。

特里在椅子上移动了一下位置。他环顾四周,眼睛迅速地打量着前门、侧门和通往后面出口的门。

"想听听美妙的东西吗?"艾迪说,"听听这个……"

特里的手压到正在敲键盘的手指。在由此产生的不和谐中,他的声音急促地传来,有些沙哑:"你得帮帮我,艾迪。我真的处于困境中。你不能拒绝我。"

"我不能让自己卷进去。"

"相信我,这不会让你卷进去。我只想求求你,让我在你的房里待到早上。"

"你的意思不是待着,你的意思是说躲起来。"

特里又重重地叹了一口气,然后他点了点头。

"你在躲谁?"艾迪问道。

"两个惹祸的人。"

"真的吗?你确定是他们惹的祸吗?也许是你惹的祸。"

"不,是他们惹的。"特里说道,"从今天早上开始,他们就一直在让我难过。"

"明白。哪种难过?"

"跟踪我。从我离开码头街的时候起,他们就一直在盯我的梢——"

"码头街?"艾迪微微皱了皱眉头,"你在码头街干什么?"

"好吧,我在——"特里支支吾吾地说,用力咽了口气,然后避开码头街不谈,却脱口而出,"该死的,我不是要你去摘月亮,现在我只求你让我在这里过夜。"

"等一等。"艾迪说,"我们回码头街去吧。"

"老天——"

"还有,"艾迪继续说,"你在费城这儿干什么?"

"业务需要。"

"什么业务?"

特里似乎没有听到这个问题。他深吸了一口气:"出了点事。随后我才知道,我脖子上挨了两下。然后,让我恢复正常的是,我的钞票被洗劫一空。事情发生在特拉华大道的一个廉价餐馆,有个小丑偷走了我的钱包。如果不是因为这个,我本可以购买一件交通工具,至少找一辆出租车越过城市边界。事实上,我只剩下几个小钱,所以每次我坐在有轨电车上,他们都开着一辆崭新的别克紧随其后。我告诉你,这个周五对我来说很难熬,我的口袋被扒了个精光——"

"你还是什么也没有告诉我。"

"我稍后会给你简单说说。现在时间紧迫。"

特里正说着话,转过头去再看了看那扇通向街道的门。他心不在焉地把手指举到被打得伤痕累累的左脸上,痛苦地做了个鬼脸。当眩晕再次袭来时,他的表情消失了,他左右摇摆,好像椅子有轮子,在颠簸的路上移动一样。"地板怎么了?"这时他半闭着眼睛喃喃自语,"这是什么垃圾?他们连地板都修不好吗?它甚至都不能让椅子直起来。"

他开始从椅子上滑下来。艾迪抓住他的肩膀,稳住了他。

"你会没事的。"艾迪说,"放松些。"

"放松?"传来微弱的声音说,"谁需要放松?"特里的手臂无力地摆动着,示意酒吧里挤满了人,桌边也挤满了人,"看看人们都在取乐。为什么我就不能找点乐子?为什么我不能——"

这太糟了,比我想象的还要糟糕,艾迪想。他上楼的话将会伤得更重的。我想我们必须……

"他怎么了?"一个声音问道。

艾迪抬头看到了哈里特酒吧的主人哈里特。她是一个四十多岁的胖女人，有一头浓密的金发，一个巨大的、突出的胸部和庞大的臀部。尽管体重超标，她的腰围多少还算小。她的脸是斯拉夫人的脸，鼻子宽阔，略微上翘，眼睛是灰蓝色的，眼神冷静，她说："你要是想对付我，你就直接对付我。我没有时间陪你玩花样。要么乖点，要么谨慎点，不然你最终会去买副新牙齿的。"

特里又从椅子上滑了下来。当他从一侧耷拉下去时，哈里特抓住了他。她靠近些去检查他头上的肿块，她那肥胖的双手紧紧地把他夹在腋下。

"他好像受伤了。"艾迪说，"他真的很虚弱。我想……"

"他并不像看上去那么虚弱。"哈里特干巴巴地插话道，"如果他不停止他正在做的事情，他会受到更多的打击。"

特里用一只胳膊搂着她的臀部，他的手滑到了那个又大又软的实心凸起上。她向后伸出手，抓住他的手腕，把他的胳膊甩到一边。

"你要么在发酒疯，要么是拳击狂，或者就是彻头彻尾地疯了。"她告诉他，"你再试试，你的下巴就需要一个支架了。现在坐着不动，我看一看。"

"我也要看一看。"特里说。当胖女人弯下腰来研究他受伤的头骨时，他认真地研究了她四十四英寸的胸部。他的手臂又一次搂住了她的臀部，她又一次甩开了他的胳膊。

"你是自找的。"她举起她的大拳头告诉他，"你真的想要这个，是吧？"

特里咧嘴笑着躲过拳头："我一直想要，金发女郎。一天到晚都是如此。"

"你认为他需要医生吗？"艾迪问道。

"我愿意将就一个大块头的胖护士。"特里嘟囔着，咧嘴轻松地笑着，多少有点白痴，然后他环顾四周，似乎想弄清楚自己在哪里，"嘿，有人告诉我一些事吗？我只是想知道——"

"今年是哪一年？"哈里特说，"是1956年，城市是费城。"

"你必须知道的比这详细一点。"特里坐得更直了，"我真正想知道的是——"但迷雾笼罩着他，他坐在那里，目光呆滞而茫然地掠过哈里特和艾迪。

哈里特和艾迪看了他一眼，然后又互相看了一眼。艾迪说："要继续像这个样子的话，他需要一台担架。"

哈里特又看了一眼特里。她做出了最后的诊断："他会没事的。我以前见过他们这样。在拳击场上。某条神经受到了打击，他们完全不知道发生了什么。首先要知道的是，他们恢复了健康，他们很好。"

艾迪只是半信半疑地问："你真的认为他会没事吗？"

"他肯定没事。"哈里特说,"看看他就知道了。他是石头做的。我知道这号人。他们不太甘心地忍受嘲笑,然后回来要更多。"

"没错。"特里严肃地说。他没看哈里特,就伸出去和她握手。然后他改变了主意,将手转向了另一个方向。哈里特摇摇头,慈母似的表示不满。她直率的脸上露出了若有所思的微笑,一种理解的微笑。她把手放在特里的头上,手指放在他乱蓬蓬的头发上,把头发弄得更乱一些,让他知道哈里特酒吧并不像看上去那么吝啬,这是一个他可以休息一会儿、振作起来的地方。

"你认识他吗?"她问艾迪,"他是谁?"

艾迪还没来得及回答,特里仿佛又踏上了另一场云里雾里之行,他说:"看看房间对面的那个东西。那是什么?"

哈里特镇静地说,语气不怎么带有感情:"是什么?在哪里?"

特里的胳膊伸了起来。他努力想去指那个地方,费了很大的劲,终于成功了。

"你是说女招待?"哈里特问道。

特里没回答。他目不转睛地盯着房间另一边那个深色头发的女人的脸和身体。她穿着围裙,拿着托盘。

"你真的喜欢吗?"哈里特问道。她又弄乱了他的头发。她向艾迪眨眨眼。

"我喜欢吗？"特里说，"我一直在寻找做那一行的人。那是我喜欢的货色。我想见见她。她叫什么名字？"

"莉娜。"

"她很不错。"特里说，边搓着手，"她真的很不错。"

"所以你有什么计划？"哈里特平静地问，好像她是认真的。

"我只需要四个比特。"特里的语气沉闷而专业。

"给我来一杯，给她来一杯。一切都好办了。"

"当然会。"哈里特说，她更多是自言自语，带着真正的严肃。现在她的眼神穿过拥挤的哈里特酒吧，瞄准并聚焦在女招待身上。然后，她对特里说："你认为你现在已经吃了苦头，但如果你出手，你会吃到真正的苦头。"

她看着艾迪，等着他的评论。艾迪已经躲开了。他转身面对键盘。他的脸上掠过暗淡而邈远的微笑，如此而已。

特里站起来以便看得更清楚："她叫什么名字？"

"莉娜。"

"所以那是莉娜。"他说，嘴唇慢慢地动着。

哈里特说："这简直是雪上加霜。帮帮忙，坐下，别看了。"

他坐了下来，但他继续看。"这怎么是雪上加霜？"他想知道，"你的意思是她不卖也不租？"

"她不是你能碰的,打住。"

"她结婚了?"

"不,她没有结婚。"哈里特慢悠悠地说。她的眼睛死盯着女招待。

"那是怎么回事呢?"特里坚持问到底,"她和某人勾搭上了吗?"

"不。"哈里特说,"她妥妥单身。她不想成为任何男人的一部分。如果男人靠她靠得太近,他就会受帽针之苦。"

"帽针?"

"她把它别在围裙里。某只饥饿的公鸡饿得太厉害了,她在它真正疼的地方戳它。"

特里哼了一声,问:"就这些吗?"

"不。"哈里特说,"这还不是全部。帽针只是开始。接下来,可怜的魔鬼将会知道,一个保镖的厉害。这是她的头号防卫,那个保镖。"

"谁是保镖?他在哪里?"

哈里特指着酒吧。

特里透过烟草的烟云凝视着:"嘿,等等,我在什么地方看到了一张照片——在报纸上……"

"在体育版面,一定是这样。"哈里特的声音异常低沉,"他们给他贴上了哈雷维尔拥抱者[1]的标签。"

"没错。"特里说,"拥抱者,我记得。当然,我现在想起来了。"

哈里特看着特里。她说:"你真的这么做吗?"

"当然。"特里说,"很久以前我是个摔跤迷,我这个废人还从来没有买过票,但我在报纸上看到了。"他又朝酒吧看了看,"那就是他,好吧。那就是哈雷维尔拥抱者。"

"他拥抱他们的时候没有任何虚假的成分。"哈里特说,"你对比赛一清二楚,你知道熊式拥抱能做什么。我说正经的。他会以一个熊式拥抱接近他们,他们就完了。重要的是,他仍然知道怎么做。"

特里又哼了一声。目光从保镖移到女招待,又移到保镖。

"那个大腹便便的懒汉?"

"不管怎样,他仍然有这力气。他是个'粉碎机器'。"

"他连我的小指头都捏不碎。"特里说,"我会用左勾拳砸他的啤酒肚,他会大声呼救。哎哟,他只是一个疲惫不堪的人。"

特里隐约意识到他失去了听众。他转过身去看,哈里特不在。她

---

[1] hugger 指热情拥抱别人的人。hugger 可以指特别想安慰他人的人,或者指有着较强的亲密感的人,也可以指总是想要拥抱你的人。从词源上说,拥抱者是艺术家特雷弗·亨德森创造的生物,这种生物能给人最好的拥抱,克拉克拉托将这种生物命名为"拥抱者"。

正朝酒吧附近的楼梯走去。她低着头，慢慢地上了楼梯。

"她怎么了？"特里问艾迪，"她头疼？"

艾迪半转身离开键盘，看着哈里特爬楼梯。然后，他完全转向键盘，漫不经心地敲了几个音符。他的声音穿过音乐轻柔地传来："我想你可以称之为头痛。她对保镖有意见。他狂恋着那个女招待。"

"我也是。"特里咧嘴笑着说。

艾迪继续弹奏音符，他将一些和弦弹奏成一支旋律："和保镖在一起真的很糟糕。哈里特知道。"

"那又怎样？"特里心不在焉地皱着眉头，"对她来说，保镖算什么？"

"他们住在一起。"艾迪说，"他是她同居丈夫。"

然后，特里再次耷拉下去，向前摔倒，撞到了艾迪，抓住他寻求支撑。艾迪继续弹钢琴。特里放开手，坐回椅子上。他正等着艾迪转过身来看他。最后艾迪停止了演奏，转身看了看。他看到了特里脸上的笑容。又是那种愚蠢的眼神，白痴似的咧嘴笑着。

"你想喝一杯吗？"艾迪问道，"也许你需要喝一杯。"

"我不需要喝酒。"特里左右摇晃着，"告诉你我需要什么。我需要一些情报。想澄清一些事情。你想帮我吗？"

"帮你什么？"艾迪低声说，"你想知道什么？"

特里紧紧地闭上了眼睛。一会儿又睁开，又闭上，再睁开。他看见艾迪坐在那里。他说："你在这里干什么？"

艾迪耸耸肩。

特里有了自己的答案："我告诉你在干什么。你在浪费时间——"

"好吧。"艾迪温和地说，"好吧——"

"这不太好。"特里说。

他混乱的大脑中溢出了支离破碎的不连贯的短语，他似乎有些激动地说道："坐在那里的一架二手钢琴旁。应该穿一套正式西装的时候却穿着破布。配上其中一条领带，真的很时髦。它应该是一架大钢琴，一架巨大而闪亮的大钢琴，其中一架是斯坦伯格的，该死的，音乐厅里的座位都坐满了。那是你应该去的地方，我想知道的是——你为什么不在那里。"

"你真的需要一杯晨酒，特里。你似乎不太振作。"

"别研究我，艾迪。研究研究你自己吧。你为什么不在那个音乐厅里？"

艾迪耸耸肩，顺其自然的样子。

但是特里用手撞了一下他的膝盖："你为什么不在那里？"

"因为我在这里。"艾迪说，"我不能同时去两个地方。"

这理由没有说通。"说不通。"特里大声说，"这根本没有道理。一个引人注目的女人,她没有男朋友。一个和他们一样优秀的钢琴家,但他赚的钱不够买新鞋。"

艾迪笑了。

"这并不好笑。"特里说,"糟透了的是——"他指着这位表情平静的音乐家,对某个看不见的第三方说,"他坐在这架破旧的钢琴旁,坐在这个肮脏破旧的地方,一个应该接受消防队长的检查的地方,或者应该接受卫生委员会的检查的地方。看看地板,他们还在使用该死的地板上的锯末——"他双手捂着嘴喊道,"去他的,至少买几把新椅子吧——"然后又提到这位目光柔和的音乐家,"坐在这里,一夜又一夜。他本是本专业中排名靠前,属于顶级的钢琴家,却坐在这里,在外行听众中日渐消瘦,因为他有才华,他凭十根手指得到了它。他是明星,我告诉你,他是所有人中的明星——"

"放松点,特里——"

特里感触很深。他站起来,再次喊道:"这应该是一架三角钢琴,像另一个家伙一样有烛台。烛台在哪里?这里与你有什么关系?你很廉价还是什么?你买不起烛台?"

"啊,闭上你的嘴。"附近的一些酒鬼说。

特里没有听到起哄者的声音。他继续喊叫,泪水顺着粗糙的脸流了下来。他嘴里的伤口又裂开了,鲜血从嘴唇上流下来。"某个地方出了问题。"他向不认识他或不知道他在说什么的观众宣称,"就像任何人都知道的那样,2加2本来等于4,但加起来却是负3。这是不对的,需要采取某种行动——"

"你真的想要行动吗?"一个声音愉快地问道。

是这位保镖的声音,他以前被称为哈雷维尔拥抱者,现在哈里特酒吧的人都叫他的真名沃利·普林,尽管某些崇拜者仍然坚称他为拥抱者。他站在那里,身高五英尺九,体重二百二十磅。他头上几乎没有头发,剩下的都是短发,毛茸茸的。他的左耳朵有点变形了,鼻子也坏了,骨折了很多次,现在几乎不是鼻子了。它更像是一团油灰,扁扁地挂在粗糙的脸上。普林的嘴里有一道相当大的齿桥,一道缝合不好的疤痕从下巴直直延伸到锁骨,显然是某个实习生仓促的成就,普林对这个伤疤相当不满意。他把衬衫领子扣得高高的,尽量把它藏起来。他对自己那张伤痕累累的脸非常敏感,任何人凑近去看他时,他都会很紧张,脖子会肿胀发红。他的眼睛会恳求旁观者不要嘲笑他。曾经有几次,某些旁观者无视这一请求,他们就知道,接下来他们的肋骨会骨折,受严重的内伤。在哈里特酒吧里,自我保护的第一条法则是从不嘲笑保镖。

保镖四十三岁了。

他站在那里俯视着特里。他在等答案。特里抬头看着他说:"你为什么插话？你没看到我在说话吗？"

"你说话声音太大了。"普林说。他的语气仍然很愉快，几乎带一点同情。他看见特里的眼泪顺着他的脸颊滚落。

"如果我不大声说话，他们就听不见我。"特里说，"我想让他们听到我的声音。"

"他们还有其他事情要做。"普林耐心地说，"他们在喝酒，不想被打扰。"

"这就是问题所在。"特里抽泣着说，"没有人愿意被打扰。"

普林深吸了一口气。他对特里说："听着，不管是谁毁了你的尊容，你都可以揍回去。但不是在这里。这是一个安静的商业场所——"

"你在搞什么名堂？"特里眨了眨眼睛赶走泪水，语气变成了咆哮，"谁让你为我该死的脸感到抱歉？这是我的脸。肿块是我的，伤口是我的。你最好为自己该死的脸担心。"

"担心？"普林在仔细掂量着这句话，"你是什么意思？"

特里的眼睛和嘴唇挤出一个笑容，嘴巴开始回应。还没来得及露齿而笑，甚至话还未出口，艾迪很快插进话题，对普林说："他什么意思都没有，沃利。你能看出他头脑是混乱的吗？"

"你别插嘴。"普林说，他没有看艾迪一眼，而是仔细打量着特里的脸，等着他的笑容消失。

笑容依旧。在附近的桌子旁，有一种安静等待的气氛。安静蔓延到其他桌子，然后蔓延到所有桌子，然后又蔓延到拥挤的酒吧。他们都盯着那个站在那里对普林咧嘴笑的大个子。

"把它拿掉。"普林对特里说，"把它从你脸上拿开。"

特里笑得更欢了。

普林又深吸了一口气。有什么东西进入了他的眼睛，一种暗淡的光芒。艾迪看到了，知道这意味着什么。他从钢琴凳上站起来，对普林说："别这样，沃利，他生病了。"

"谁病了？"特里质问道，"我有个一级棒的身体。我准备……"

"他已经准备好接受脑部检查了。"艾迪面对着旁观者对普林说，"他撞上了一根杆子，砸到了头。看看那个肿块。如果不是骨折，就可能是脑震荡。"

"叫救护车。"有人指示道。

"看，他嘴里在流血。"另一个声音插进来说，"那好像是从破脑袋上流的血。"

普林眨巴了几下眼睛。他眼中的光芒渐渐消失了。

特里继续咧嘴笑着。但现在，这笑容并不是针对普林或任何人或任何事。只是又一次白痴似的咧嘴一笑。

普林看着艾迪："你认识他吗？"

艾迪耸耸肩："有点。"

"他是谁？"

艾迪又耸耸肩："我带他出去。让他透透气——"

普林粗手粗脚地紧紧抓住艾迪的袖子："我问你的是，他是谁？"

"你听到那个人的声音了吗？"又是特里，他从昏头昏脑中清醒过来，"那个人说他想知道。我认为他说得有道理。"

"那你告诉我吧。"普林对特里说，他走近一步，窥视着那双呆滞的眼睛，"也许你根本不需要救护车。也许你伤得没那么严重。你能告诉我你是谁吗？"

"兄弟。"

"谁的兄弟？"

"他的。"特里指着艾迪。

"我并不知道他还有个兄弟。"普林说。

"好吧，事情就是这样。"特里对附近桌子边的所有人说，"你每天都会学到新东西。"

"我愿意学习。"普林说，然后，就好像艾迪不在那里一样，"他从不谈论自己。关于他的很多事情我都不知道。"

"你不知道？"特里又咧嘴笑了，"他在这里工作多久了？"

"三年了。"

"这么久了。"特里说,"这之前你肯定以为对他了如指掌。"

"没有人搞明白过他。我们唯一确定的是,他会弹钢琴。"

"你给他发工资?"

"当然,我们给他发工资。"

"为什么?"

"弹钢琴。"

"还有其他的吗?"

"就这个。"普林说,"我们付钱让他弹钢琴,仅此而已。"

"你的意思是你不付给他工资就让他谈论他自己?"

普林抿紧了嘴唇,不作回答。

特里走近了,对他说:"你想要这一切都是免费的,不是吗?但问题是,你不能免费获得。你想了解一个人,你得付出才行。你了解得越多,成本就越高。就像打井一样,你越深入,你花费的就越多。有时,这远远超出了你的承受能力。"

"你指什么?"普林皱着眉头。他转过头看了看钢琴师,他看到了那无忧无虑的微笑,这让他很烦恼,也让他的眉头阴沉下来。但只阴沉了那么一刻,随后他又看了一眼特里。他克制住自己不皱眉,说:"好吧,没关系。这句话毫无意义。它很刺耳,但你的话简洁有力,我还有其他事情要做。我不能待在这里和你浪费时间。"

保镖走开了。酒吧和餐桌边的观众又开始喝酒了。特里和艾迪坐下了，艾迪面向键盘，敲了几个和弦，开始演奏一首曲子。

　　这是一支平静、柔和、甜美的曲调，梦幻般的声音给特里的嘴唇带来了梦幻般的微笑。"太棒了。"特里低声说，"真是太棒了。"

　　音乐继续着，特里慢慢地点了点头。当他的头抬起时，他看到前门打开了。

　　两个男人走了进来。

二

"是他们了。"特里说。

艾迪接着演奏下去。

"就是他们,好吧。"特里不动声色地说。

两个人身后的门关上了,他们站在那里慢慢地转着头,从拥挤的桌子看向拥挤的酒吧,又回到桌子,又回到酒吧,到处打量。

然后他们发现了特里。他们开始向前走。

"他们来了。"特里不动声色地说,"看看他们。"

艾迪的眼睛一直盯着键盘。他全神贯注于键盘。温暖凉爽的音乐如行云流水般继续,这音乐在对特里说,这是你的问题,完全是你的,别惹我。

两个人走近了。他们行动缓慢。桌子被挤得水泄不通，堵住了他们的路。他们试图加快速度，强行通过。

"他们来了。"特里说，"他们现在真的来了。"

"别看。"艾迪自言自语地说。你只要看一眼，就会把你拉进去。你不想那样，你是来弹钢琴的，到此为止。但这是什么？发生了什么事？现在没有音乐了，你的手指离开了键盘。

他转过头去看，看见那两个人走近了。

他们都是衣冠楚楚的男人。前面的那个人又矮又瘦，戴着一顶珍珠灰的毡帽，围着白色丝绸围巾，穿着一件深蓝色的单排扣大衣。他身后的那个人也很瘦，但要高得多。他戴着一顶深灰色的帽子，围着一条黑银相间条纹的围巾，大衣是一件深灰色的六个纽扣夹克外套。

现在他们走到房间的中间，桌子之间有了更多的空间。他们走得更快了。

艾迪用僵硬的手指戳着特里的肋骨："别坐在那里。起来快走。"

"去哪儿？"然后他又白痴似的咧嘴笑着。

"侧门。"艾迪朝他嘘了一声，又用手指狠狠地戳了他一下，这次更用力了。

"嘿，别这样。"特里说，"好疼。"

"是吗？"艾迪又打了一拳，真的很疼，把特里的笑容从脸上拉了下来，把他的屁股从椅子上扯下来。然后，特里迈开腿，走过啤酒箱堆叠起来的金字塔，走得越来越快，最后冲向侧门。

这两个人抄近路，沿桌子的对角线方向离开。现在他们跑起来了，飞奔着去拦截特里。看起来他们好像已经成功了。

只见艾迪从钢琴凳上站起来，看着特里走向大约十五英尺外的侧门。这两个人正在逼近特里。他们偏离了对角线路径，现在沿着与啤酒箱的金字塔平行的方向奔跑。艾迪迅速冲向前去，冲进一堆高高的装满瓶子的纸箱里。他用肩膀撞了一下那堆东西，一个盒子掉了下来，然后又一个盒子掉了下来，更多的盒子掉了下来。这导致了交通堵塞，这两名男子与掉落的啤酒箱相撞，被纸板栏绊倒，摔倒后又站起来又绊倒。就在这时，特里打开侧门跑了出去。

大约九个啤酒箱从堆叠的金字塔上掉了下来，其中几个瓶子松动了掉在地板上摔碎了。这两个人正在努力挣扎，以打破纸板箱和破瓶子构成的封锁。其中那个个子较矮的正转过头去看是哪个滑稽演员造成了这个尴尬的结局。他看到艾迪站在那座部分坍塌的金字塔附近。艾迪耸耸肩，举着手臂，做了一个不好意思的手势，好像在说："一场意外，我只是撞到了它，仅此而已。"个子矮小的瘦子什么也没说。他没有时间发表评论。

艾迪回到钢琴前。他坐下来开始弹。他轻轻地弹了几个和弦，那暗淡而渺远的微笑飘到了他的嘴唇上，这时两个穿着考究的瘦子终于走到了侧门。在轻柔的音乐声中，他听到门在他们身后用力关上发出的砰砰声。

他继续弹。没有弹错音符，节奏也没有中断，但他想着特里，看到两个人在寒冷的寂静中沿着漆黑的街道追着特里，而这寂静随时可能被枪声打破。

但我不这么认为，他告诉自己。他们没有那种肉食猎者的表情。更像是一种讨价还价的样子，就像他们只想和特里坐下来谈件生意。

什么样的生意？你当然知道是什么样的，是不光彩的生意。他说这是克利夫顿的交易，这让事情变得不光彩，特里一如既往地支持克利夫顿。所以不管怎样，他们又陷入了困境，你的两个亲爱的弟兄。他们拥有一流的天赋，陷入困境，又逃脱困境，再陷入困境。你认为他们这次会逃脱吗？好吧，我希望如此。我真的希望如此。希望他们好运，一言难尽。所以你现在要做的就是下车。这不是你的车，你远离它。

一道阴影落下并划过键盘。他试着不去看它，但它就在那里，一直停留在那里。他侧过头，看到了保镖那笨重的腿、圆鼓鼓的躯干和那张鼻子被压扁的脸。

他继续弹琴。

"真好听。"普林说。

艾迪点点头表示感谢。

"非常好听。"普林说,"但好得还不够,我再也不想听了。"

艾迪停止了演奏,他的胳膊无力地垂在身边。他坐在那里等着。

"告诉我件事情。"保镖说,"你怎么了?"

艾迪耸耸肩。

普林深吸了一口气。

"该死的。"他没有特别对任何人说,"我认识他已经三年了,原来压根儿也不了解他。"

艾迪对着键盘温柔地微笑。他漫不经心在中间的八度音阶中敲出了几个音符。

"这就是你从他那里了解到的全部情况。"普林对看不见的听众说,"一如既往地不给力。无论发生什么,永远是'我一无所知'。"

艾迪的手指停留在中间的八度音阶。

保镖的态度变了。他的声音很刺耳:"我告诉过你别弹了。"

音乐停止了。艾迪继续看着键盘。他说:"怎么了,沃利?你怎么了?"

"你真想知道?"普林慢慢地说,好像他得了一分,"好吧,看一看。"

他的手臂伸了出来，食指僵硬，对着散落的地板、翻倒的纸箱、瓶子、散落的玻璃和泼在碎地板上的啤酒泡。

艾迪又耸耸肩，"我会把它清理干净的。"他说，然后开始从钢琴凳上站起来。普林把他推了回来。

"告诉我。"普林说，又指着被啤酒弄脏的地板，"这是什么交易？"

"交易？"钢琴师似乎很困惑，"根本没有交易。这是一场意外。我不知道自己要去哪里，我撞到了——"

但这样下去没有用。保镖不相信，"想打赌吗？"保镖温和地问道，"想打赌这不是意外吗？"

艾迪没有回答。

"你不会告诉我的，我来告诉你。"普林说，"一场捉人游戏，就是这样。"

"也许吧。"艾迪微微耸耸肩，"我也许不假思索地这么做了，我的意思是有点不自觉。我真的不确定……"

"你干得不坏。"普林露出了灿烂的微笑，笑容渐渐舒展开来，"你处理这个特技时，像在纸上计划过的那样。时机把握得非常完美。"

艾迪眨巴了几下眼睛。他告诉自己得停止交谈。他对自己说，这里发生了什么事，你最好在事态进一步发展之前审视一下。

但没有办法审视。保镖说："我第一次看到你搞那种恶作剧。你在这里这么多年来，从来没有插手过任何事情，一次也没有。不管是什么问题，不管有谁身处其中。你今晚怎么会插手的呢？"

艾迪又是微微地耸肩，语气温柔地说："我也许觉得他需要一些帮助，就像我前面说的，我真的不确定。或者，另一方面，你看到有人陷入困境，你提醒自己他是近亲——我不知道，大约就是类似这样的一些事情。"

普林的脸扭曲了，做了个厌恶的鬼脸，好像他知道再继续挖掘下去也是徒劳。他转身离开钢琴。

然后什么东西阻止了他，让他转身回来。他靠在钢琴边上。有一会儿，他什么也没说，只是听着音乐，眉头微微皱了皱，若有所思的样子。然后，他很随意地动了动他沉重的手，把艾迪的手指从键盘上掸开。

艾迪抬头等着他。

"关于这笔交易再多透露一些。"保镖说。

"比如说？"

"你用啤酒箱拦住的那两个人。他们拼命想干什么？"

"我不太知道。"艾迪说。

"你不知道他们为什么追他？"

"一点都不知道。"

"得了，得了。"

"我无法告诉你,沃利。我只是不知道。"

"你是想要我付钱买?"

艾迪耸耸肩,没有回答。

"好吧。"普林说,"我们会换个角度试试。你的这个兄弟。他干哪一行?"

"我也不知道。我已经好几年没见到他了。离开前,他在码头街工作。"

"做什么呢?"

"码头装卸工。"

"你不知道他现在在干什么吧?"

"如果我知道的话,我会告诉你的。"

"是的,当然。"普林把他粗壮的胳膊高高地交叉在胸前,"时髦的家伙。"他说,"来吧,间谍。"

艾迪对保镖和蔼地笑了笑,"这是什么法庭行为?"然后,笑容越发灿烂了,"你要上法学院,沃利?你拿我来练习?"

"不是那样的。"普林说。他脚步重重地走了几步,"我只是想确定,仅此而已。我的意思是——好吧,问题是,我是这里的总经理。无论哈里特酒吧里发生了什么,我都有责任。你知道的。"

"有道理。"艾迪点了点头,扬起眉毛。

"你说得对。"保镖利用了他的优势,"我必须确保这个地方保住自己的牌照。这是一个合法的营业场所。如果我要说什么的话,我得说它将继续合法下去。"

"你说得很对。"艾迪说。

"我很高兴你知道这一点。"普林的眼睛又眯了起来,"还有一件事你最好知道,我比你想象的要聪明。我不会演奏音乐或写诗或诸如此类的东西,但我肯定会把得分加起来。就像你的这个兄弟,那两个工程师想要和他做的事情不仅仅是友好的聊天。"

"这加得对。"艾迪说。

"它加得完美。"普林赞同他自己的算术,"我会再加一些。我会全部加给你。他当时可能是一名码头工人,但很快他换了工作。他现在正在寻找更高的收入。无论他做什么工作,都涉及大笔现金。"

艾迪很困惑。他对自己说,你玩得越笨越好。

"他们两个工程师。"保镖说,"他们可不是小人物。我仔细打量了他们的穿着。他们的大衣是手工缝制的,我看到它时就知道这是定制的品质。所以我们从这里开始,我们用箭头来表示——"

"用什么?"

"用箭头。"普林说,他的手指描摹钢琴侧面的一条箭头线,"从他们到你哥哥。从你哥哥到你。"

"我？"艾迪轻轻地笑了起来，"你现在没有加对。你扯远了。"

"但不会太远。"普林说，"因为这不仅仅是可能的。因为我的眼睛不会出错。我看到你哥哥坐在这里给你做销售演讲。他想让你参与交易，不管是什么……"

艾迪再次大笑起来。

"有什么好笑的？"普林问。

艾迪继续大笑。笑声并不大，但却是真实的笑声。他试图抑制住，但做不到。

"你在笑我吗？"普林平静地说道，"你在嘲笑我？"

"我在笑我自己。"艾迪勉力笑着说，"对于这个栽赃，我有了一幅金框的照片。这笔大生意，与我在一起的这个关键人物，最后一支箭头指向我。你一定是在开玩笑，沃利。你自己看看吧，亲眼看一看。看看这个关键人物。"

普利看了看，看到了坐在破旧钢琴旁的那个每周演奏三十场的音乐家，那个目光柔和、嘴型温柔的无名小卒，他的野心和目标完全为零，他在这里工作了三年，没有要求甚至暗示加薪。他从不抱怨小费给得太吝啬，从不抱怨任何事情，就这一点而言，甚至收工时被命令帮忙搬桌椅、扫地、倒垃圾时，他也不会抱怨。

普林的目光聚焦在他身上，然后理解了他。三年来，除了他创作的音乐,他在哈里特酒吧里的存在毫无意义。就好像他并不存在,是钢琴在自己演奏。不管桌子上或酒吧里有什么动作,钢琴师都超然事外,甚至连一个观察者都不是。他转过身来,眼睛盯着键盘,满足于领穷人的工资,穿穷人的破衣。普林裁决道,这是一个完全没有野心的人,他被这个绝对中立的活生生的例子迷住了。即使是微笑也是中性的。它从来没有以一个女性为目标。它的目标远离现实,超出了所有有形目标,远远超出了廉价看台上那些离奇古怪的看法。那它要何去何从呢?普林问自己。当然没有答案,甚至连一点线索都没有。

但即便如此,他还是做出了最后的努力。他使劲眯着眼睛看钢琴师,说:"告诉我一件事。你从哪里来的?"

"我出生的地方。"艾迪说。

保镖想了一会儿,然后说:"谢谢你透露的消息。我以为你是从云端来的。"

艾迪轻声笑了起来。普林走开了,朝酒吧走去。在酒吧里,一位深色头发的女招待正在托盘上摆放小酒杯。普林走近她,犹豫了一下,然后走近对她说了些什么。她没有回答。她甚至都没看他一眼,拿起托盘,朝其中一张桌子走去。普林一动不动地站着,眼睛盯着她,嘴巴紧闭,牙齿狠狠地咬着嘴唇。

从钢琴那边飘来舒缓的音乐。

三

二十分钟后，最后一个守夜人被送出门。酒保正在清洗最后一只玻璃杯，保镖已经上楼睡觉了。女招待穿上大衣，点了一支烟，靠在墙上看着正在扫地的艾迪。

他扫完地，倒空了烟灰缸，收起扫帚，把大衣从钢琴旁的衣架上取下来。那是一件很旧的大衣。衣领被扯破了，两颗纽扣不见了。他没有戴帽子。

他走向前门时，女招待看着他。他转头对酒保微笑道晚安。然后，对女招待说："再见，莉娜。"

"等等。"当他打开前门时，她向他走来。

他站在那里微笑着，有些诧异。她在这里工作的四个月里，他们只友好地打过招呼或互道晚安。从来都仅此而已。

现在她在说："你能借我六比特吗？"

"当然。"他毫不犹豫地把手伸进裤子口袋，但依然一副诧异的表情。

"我今晚有点小难。"女招待解释道，"明天哈里特付钱给我的时候，我会把钱还给你。"

"不急。"他说，然后给了她两个二十五美分，两个一角硬币和一个五美分硬币。

"我用它吃顿饭。"莉娜把硬币放进钱包，进一步解释道，"我以为哈里特会给我做点东西吃，但她很早就上床了，我不想打扰她。"

"是的，我看到她上楼了。"艾迪停顿了一下，"我猜她累了。"

"嗯，她工作很努力。"莉娜吸了最后一口烟，然后把它扔进了一个痰盂里，"我想知道她是怎么做到的。这么重。我打赌她已经超过两百磅了。"

"太重了。"艾迪说，"但她协调得不错，很结实。"

"太重了。她稍微减点肥，就会感觉好些。"

"她感觉很好。"

莉娜耸耸肩，什么也没说。

艾迪打开门走到一边。她出去了，他跟着她。她开始穿过人行道，他说:"明天见。"然后她停下来,转身面对他。她说:"我觉得六个比特(七十五美分)超出我的需要了。一半就足够了。"然后开始打开钱包。

他说:"不,没关系。"但她向他走来,递给他二十五分硬币,说:"在约翰家,我可以买一个四十英镑的拼盘。再花一角钱买咖啡,就可以了。"

他挥挥手,没有拿这个银硬币。他说:"你可能想要一块蛋糕什么的。"

她走近了。"来吧,拿着它。"她把硬币推向他。

他咧嘴笑了:"好复杂的交易。"

"请你拿着它好吗?"

"谁需要它?我不会饿死的。"

"你确定你舍得它?"她歪着头,眼睛在他的脸上搜寻。

他继续咧嘴笑着:"别担心了,我不缺钱的。"

"是的,我知道。"她继续在他脸上寻找他的反应,"你的钱包越来越瘪了,你得拿起电话给你的经纪人打电话。谁是你的经纪人?"

"是华尔街的一家大公司。我每周飞两次纽约。只是想见见董事会。"

"你上顿什么时候吃的?"

他耸耸肩:"我吃了个三明治……"

"什么时候?"

"我不知道。大概四点半。"

"中间什么都没有吃?"然后不等艾迪回答,她又说,"来吧,跟我去约翰家。你会有东西吃的。"

"但是……"

"来吧,好吗?"她挽着他的胳膊,把他拉了过去,"你想活着,就得吃饭。"

他突然感到,他真的饿了,需要一碗汤和一个热盘子。湿漉漉的冷风刮过他的薄外套,冰冷刺骨。一想到热腾腾的食物他就愉快。然后又出现了另一个念头,让他微微退缩了一下,他的口袋里只有十二美分。

他耸耸肩,继续和莉娜走着。他决定将就喝杯咖啡。至少咖啡能使他暖和起来。但你真的应该吃点什么,他告诉自己。你今晚怎么没吃东西?你总是在十二点半左右在哈里特酒吧的食品柜台随便吃点东西。但今晚没有,你今晚一点都没有吃。你怎么忘记填饱肚子了?

然后他记起来了。他对自己说,都是特里的事情。你正忙于特里的事,却忘了吃饭。

我想知道特里是否成功了。我想知道他是否逃脱了。他知道如何四处走动,而且他能照顾好自己。是的,我得说是他很可能成功了。你真的这么认为吗?他是残疾人,你知道的。毫无疑问,他这野兔不适合玩猎犬追兔的游戏。那你打算怎么办?你什么都做不了。我希望你能放下它。另外还有，这个女招待是怎么回事？什么事困扰着她？你知道有什么事困扰着她。当她谈到哈里特的时候，你一点也没有察觉到。她当时有点在钓鱼，她已经把线放出来了。当然，事情就是这样。她为哈里特和保镖以及他们家庭的困难发愁，因为保镖最近看上了别人——这个女招待。这不是她的错。只要普林想走过来，她就给他一个冷冰冰的眼神，所以让他继续努力吧。你担心什么？不要再烦我，你在烦我。

但就在这时，一个奇怪的想法进入了他的脑海，一个彻头彻尾的愚蠢想法。他不明白为什么它会出现。他想知道女招待有多高，她是否比他高。他试图放弃这种想法，但它一直存在那儿，轻推着他，推搡着他，最后让他转头看着她。

他不得不稍稍往下一点看。他比女招待高几英寸。他估计她穿着半高跟鞋站着五六英尺。那又怎样？他问自己，但当他们穿过一条狭窄的街道，从路灯下经过时，他继续看了看。她穿的那件外套很合身，把她身上的线条凸显出来。她身材高挑苗条，她特有的走路方式让她看起来更高了。我想就是这样，他想，我只是好奇而已。

但他继续瞧。他不知道自己为什么要瞧。街灯发出的光芒照亮了她的脸，他看到了她的轮廓特征，这不会让她成为封面女郎或化妆品广告的模特，她没有那种脸。除了皮肤。她的皮肤很干净，有化妆品广告中保证的那种质地，但这不是来自化妆品，这是来自基因，他想。也许她有一个好胃，或者一套好腺体，以及某种类似的东西，让她看上去很健康。她比那些像装饰品一样易碎的漂亮女孩更有女人味。怪不得保镖试图与她同居。怪不得当她眨着眼经过时，酒吧里所有男人都会看两眼。但她仍然对任何穿裤子的东西都不感兴趣。

她好像已经与这一切断绝关系。也许发生了什么事让她说，就这样，就这样结束了。但现在你在猜测。你怎么会这样猜测？接下来，你会想知道她多大了。顺便说一句，你认为她多大？我想二十七岁左右。我们应该问她吗？如果你这样做，她会问你为什么想知道。你只能说，我只是想知道。好吧，别想了。你好像不感兴趣。你知道你不感兴趣。

那是因为什么？是什么让你有这种想法的？你应该抛下这些想法，这就像一条有太多弯路的路，首先你并不知道自己在哪里。但为什么她的话从来都不多，也几乎从不微笑？

仔细想想，她完全是庄严的。但一点不沉闷。她只是严肃——庄严，只是你看到她笑过，她会嘲笑一些滑稽的事情。也就是说，当它真的很滑稽的时候。

她现在在笑。她看着他，静静地笑着。

"笑什么？"他问道。

"就像查理·卓别林。"她回答说。

"像谁？"

"查理·卓别林。在他以前拍的无声电影中。有什么事情让他困惑时，他想就此问询，却找不到词汇时，他脸上会露出一副愚蠢的表情。你刚才把它隐藏得很完美。"

"我吗？"

她点了点头。然后她止住笑。她说："是什么？是什么在困扰你？"

他微微一笑："如果我们要去约翰家，我们就应该继续走了。"

她一言不发。他们继续走着，转过一个拐角，来到一条鹅卵石街道旁的有车辙的路面。

他们走过了另一个街区，在拐角处有一个矩形建筑，曾经是一辆有轨电车，现在是一家通宵营业的餐馆。一些窗户裂口了，大部分油漆都擦掉了，入口的门在松动的铰链上倾斜。入口门上方有一块牌子，上面写着"里士满港最好的食物——约翰"。他们走了进去，朝柜台走去，不知什么原因，她把他从柜台拉开，拉到一个隔间里。他们坐下来的时候，他看到她正从他身边看过去，她的眼睛朝向柜台的另一端看过去。她面无表情。他知道那边是谁。他也知道为什么她说服他在他们离开哈里特酒吧时和她一起走。她不想让他一个人走。当两个男人试图接近特里时，她看到了他用啤酒箱使的谋略，所有要求你必须吃东西的说法都只是为了让他不独自待在街上。

她真体贴,他想。他对她微笑以掩饰他的烦恼。但后来这让他觉得很有趣,他想,她想扮演保姆,就让她扮演保姆吧。

餐厅里人不多。他数了数,在柜台这一个区域有四个,两个在其他隔间。柜台后面,一个叫约翰的矮胖希腊人,正在烤架上打鸡蛋。所以,加上约翰,一共有九个,他想。我们有九个证人,以防他们会来恐吓我们。我认为他们不会。你在哈里特酒吧里给了他们好脸色。他们看起来不像傻瓜。不,他们现在什么都不会去尝试。

约翰给柜台边的一个胖子端了四个煎蛋,然后从柜台后面出来,走向隔间。女招待点了烤猪肉和土豆泥,并说她另外想要一个小圆面包。他要了一杯加奶油的咖啡。她说:"你就这些?"他点了点头。她说:"我知道你饿了,多点些吧。"

他摇了摇头。约翰离开了隔间。他们坐在那里,什么也没说。他哼着曲子,手指轻轻地敲着桌面。

然后她说:"你借给我七十五美分。你还剩下什么?"

"我是真的不太饿。"

"所剩无几。来吧,告诉我。你有多少零钱?"

他把手伸进裤子口袋:"我讨厌把这张五十美元的钞票换成零钱。"

"现在,听着……"

"算了。"他温和地插话,然后,他的拇指向后轻弹,"他们还在吗?"

"谁?"

"你知道是谁。"

她从他身边看过去,从隔间的侧面看过去,眼睛盯着柜台的另一端。然后她看着他,慢慢地点了点头。她说:"这是我的错。我没有动脑子。我没有停下来想他们可能在这里……"

"他们现在在干什么?他们还在吃东西?"

"他们吃完了,只是坐在那里,抽烟。"

"看着?"

"没有看我们。他们一分钟前还朝这边看。我认为这不意味着什么。他们看不见你。"

"那我猜没关系。"他说道,然后咧嘴笑了。

她也对他咧嘴一笑:"当然,没什么好担心的。即使他们看到你,他们也不会做任何事。"

"我知道他们不会的,你不会让他们这么做的。"

"我?"她的笑暗淡下去,微微皱眉,"我能做什么?"

"我猜你能做点什么。"然后他轻松地说,"当我熄火时,你可以把他们挡在一边。"

"你开玩笑吗?你以为我是什么,圣女贞德?"

"好吧,既然你提到了——"

"让我告诉你一件事。"她打断了他的话,"我不知道你和他们两个之间发生了什么,我也不在乎。不管是什么,我都不想参与其中。明白了吗?"

"当然,"他微微耸耸肩,"如果你真的是这样想的话。"

"我这样说过,不是吗?"

"是的,你这样说过。"

"这是什么意思?"她斜着头,看了他一眼,"你以为我说的不是真心话吗?"

他又耸耸肩:"我什么都没有想,都是你在争论。"

约翰端着托盘来了,端上了拼盘和咖啡,用手指计算价格,说六十五美分。艾迪从口袋里掏出一角硬币和两个便士,把硬币放在桌子上。她把硬币推到一边,把七十五美分给了约翰。艾迪对约翰笑了笑,指着桌子上的十二美分。约翰说了声"谢谢",然后拿起硬币回到柜台。艾迪低下身子,在冒着热气的黑咖啡上吹了吹,让它冷却,然后开始啜饮。桌子另一边静寂无声。他感觉到她没有吃东西,只是坐在那里看着他。他没有抬头,继续小口喝着咖啡。天气很热,他慢慢地啜饮着。然后,他听到了她用刀叉的声音,抬头一瞥,发现她吃得很快。

"急什么?"他喃喃自语。她没有回答。她的刀叉声一直在响,然后突然停了下来,他又抬头看了看。他看到她正在向外看,目光离开了桌子，又再一次集中在柜台的另一端。

她皱着眉头继续吃。他等了一会儿，然后低声说："我记得你说过你不想参与其中。"

她一副顺其自然的样子，继续皱着眉头："他们还坐在那里。我希望他们能站起来然后走出去。"

"我想他们想待在这里取暖。这里很好，很暖和。"

"真是太暖和了。"她说。

"是吗？"他又啜了一口咖啡，"我感觉不到。"

"你感觉得到就怪了。"她又斜眼看了他一眼，"别总是那样泰然自若。你坐在暖和的地方，你知道的。"

"有烟吗？"

"我在和你说话——"

"我听到你说的了。"他指着她的手提包，"看，我抽完了烟。看看你能不能分给我一支。"

她打开手提包，拿出一包香烟。她给了他一根，给自己拿了一根，然后划了一根火柴。当他探身去拿灯时，她说："他们是谁？"

"你可问倒我了。"

"以前见过他们吗？"

"没有。"

"好吧。"她说,"我们就说到这为止。"

她吃完饭,喝了一些水,最后吸了一口烟,然后把它放在烟灰缸里。他们从摊位上站起来,走出餐馆。现在风越来越大,天越来越冷,开始下雪了。当雪花落在人行道上时,它们没有融化,而是保持白色。她拉起大衣衣领,把手伸进她的口袋。她抬头环顾四周,看着降落的雪,说她喜欢雪,她希望雪能一直下。他说可能整晚都会下雪,明天还会继续下。她问他是否喜欢雪?他说这对他来说并不重要。

他们在鹅卵石铺成的街道上走着,他想看看身后,但他没有。风向他们袭来,他们不得不低着头,奋力前行。她说,如果他愿意的话,他可以送她回家。他说,好吧,虽然他不想问她住在哪里。她告诉他,她住在肯沃斯街的一间出租房里。她告诉他街区号码,但他没有听到。他正倾听着他和她的脚步声,不知道这是不是唯一的声音。然后他听到了另一个声音,但那只是一些小巷里猫哭的声音。这是一个很小的声音,他断定是小猫在哭着找妈妈。他希望能为那些没有母亲的小猫们做点什么。他们在街对面的小巷里。他听到女招待说:"你去哪儿?"

他已经离开了她,走向路边。他正看着街对面小巷的入口。她走到他面前问:"这是什么?"

"小猫咪。"

"小猫咪?"

"听听它们的叫声。"他说,"可怜的小猫,它们日子很难过。"

"你曲解它们了。"她说,"它们不是小猫,它们是成年猫。根据我所听到的,它们玩得非常开心。"

他又听了一遍,这次他听对了。他咧嘴笑着说:"我想它需要一个新的天线。"

"不。"她说,"天线没问题。你只是把你的电台搞混了,仅此而已。"

他不太明白,便好奇地看着她。

她说:"我想这是你的一个习惯。就像在哈里特酒吧里。我注意到了,你似乎从不了解或关心真正发生的事情,总是只关心一些只有你自己才能听到的奇怪的波长,就好像你一点也不关心时事一样。"

他轻声笑了起来。

"别这样。"她插话道,"别开玩笑了。这不是个玩笑,现在发生了什么。你环顾四周,就会明白我的意思。"

她正对着他,从他身边看过去。他说:"有一伙人来了?"

她慢慢点点头。

"我什么也没听到。"他说,"只有那些猫——"

"忘了那些猫吧。你现在忙得不可开交。你不得不参加一些杂耍戏。"

她说得有道理,他想。他转过身,张望着街道。远处,街灯发出的黄绿色光芒从停着的汽车顶部流下来。它在鹅卵石上形成了一个微弱发光的黄绿色水池，在闪光屏幕上形成移动阴影。他看到两个影子在屏幕上移动，两个人蜷伏在一辆停着的汽车后面。

"他们在等。"他说，"他们在等我们行动。"

"如果我们要行动的话，我们最好快点。"她实事求是地说，"来吧，我们得用跑了——"

"不。"他说，"不急。我们继续走。"

她又用探寻的眼光看了他一眼："你以前经历过这种事吗？"

他没有回答。他正聚精会神地盘算着这里和前面街角之间的距离。他们慢慢地向拐角处走去。他估计距离大约有二十码。他们慢慢地走着，他看着她，微笑着说："别紧张，没什么好紧张的。"

没什么，他想。

四

他们来到街角,拐到一条只有一盏灯的狭窄街道上。他的眼睛在黑暗中摸索着,发现了一扇碎木门,通向一条小巷。他试了试门,门开了,他穿过门,她跟着他,关上了身后的门。他们站在那里等待着越来越近的脚步声时,他听到了一阵沙沙的声音,好像她在外套里找东西。

"你在干什么?"他问道。

"拿我的帽针。"她说,"他们一来到这里,就会挨我这一下,我有一根五英寸的帽针,专为他们准备好的。"

"你认为这会困扰他们吗?"

"这肯定让他们不高兴。肯定的。"

"我想你是对的。那东西会刺得很深，很疼。"

"让他们试试。"她轻声低语道，"让他们试一下，看看会发生什么。"

他们在漆黑的小巷门后等着。过了一会儿，他们听到脚步声越来越近。脚步声快到达的时候，又似乎犹豫了一下，继续往前走了，然后停了下来，脚步声又回到了小巷的门口。他能感觉到紧挨在他身边的女招待僵硬的静止的身体。然后他可以听到门另一边的声音。

"他们去哪儿了？"其中一个声音说。

"也许会去这些房子里。"

"我们应该走得更快。"

"我们干得不错。只是他们离家很近。他们走进了其中一所房子。"

"好吧，你想做什么？"

"我们不能现在开始按门铃。"

"你想继续走吗？也许他们在街上的某个地方。"

"我们回到车上吧。我感冒了。"

"你想到此为止吗？"

"一个糟糕的夜晚。"

"肯定是，该死的。"

脚步声消失了。他对她说："让我们等几分钟吧。"

她说："我想我可以把帽针收起来了。"

他咧嘴一笑，嘴里嘟囔着："小心你放的地方，我不想被戳到。"他们站在狭窄小巷的拥挤空间里，她的手臂移动时，肘部轻轻地碰到了他的肋骨。这不过是一次触碰，但出于某种原因，他颤抖了一下，就好像帽针戳中了他一样。他知道那不是帽针。然后，她又一次移动，在狭小的空间里改变了自己的位置，再次触碰了一下他，他颤抖得更厉害了。他从牙缝间快速地呼吸，感觉有什么事要发生了。事情发生得太快太突然了，他试图阻止它。他对自己说，你必须阻止它。但问题是，它来得太快了，你只是没有做好准备，你不知道它即将到来。好吧，你只知道一件事，你和她站在这里这么近，太近，该死的近，让你无法抗拒。你认为她知道吗？她当然知道，她正在努力不再触碰你。现在她正在往回移动，这样你就有更多的空间了。但是这里还是太拥挤了。我想我们现在可以出去了。来吧，把门打开。你还在等什么？

他打开小巷的门走出来，走上人行道。她跟着他。他们走在街上，不说话，也不看对方一眼。他开始走得更快，走到她前面。她并没打算赶上他。事情就这样继续着，他在她前面走远了。他只想走得快一点，然后回家睡觉。

过了一会儿，他突然想到自己是一个人在走。他来到一个十字街口，转身等着。他却找不到她了。她去哪儿了？他问自己。答案从街上很远的地方传来，她的高跟鞋咔嗒作响的声音向另一个方向传过去。

有那么一会儿，他起了去追她的念头。他走了几步，然后他停了下来，摇了摇头，对自己说："你最好还是顺其自然，离她远点。"

但为什么呢？他问自己，突然意识到要发生什么事。事情不太对劲，不可能是这样，一想到她触碰你，对你来说有点难以对付，然后又有点困惑了。几个月来，她一直在哈里特酒吧工作，你每天晚上都会在那里看到她，她只不过是风景的一部分。现在这个问题不知道打哪儿突然出现了。

你说这是个问题？别这样，你知道这不是一个问题，你只是没有准备好应对任何问题。

她说她住在肯沃斯街。也许你最好下一点侦察工夫，只为了确保她能顺利回家。是的，他们两个滑头可能改变了主意，决定今晚到此为止。他们本可以决定再看看附近的情况。也许他们发现她独自行走……

现在听好啦，你必须停止想这些。你必须考虑其他事情。考虑什么事情？好吧，让我们想想奥斯卡·莱万特。他真的很有天赋吗？是的，他真的很有天赋。阿特·塔图姆有天赋吗？阿特·塔图姆很有天赋。那沃尔特·盖塞金呢？嗯，你从来没有听过他亲自演奏，所以你不能说，你只是不知道。另一件你不知道的事是肯沃斯的门牌号码。你甚至不知道楼层号。她告诉你楼层号了吗？我不记得了。

别想了，回家睡觉吧。

他住在离哈里特酒吧几个街区远的一间出租公寓里。那是一栋两层楼的房子，他的房间在二楼。房间很小，租金是每周五十五元，这是讨价还价定下的，因为女房东有洁癖；她总是在擦洗或除尘。那是一所非常古老的房子，但所有的房间都一尘不染。

他的房间里有一张床、一张桌子和一把椅子。椅子旁边的地板上有一堆杂志。它们都是音乐出版物，大多是关于古典音乐的。杂志堆上面那本是打开的，他走进房间时，拿起来匆匆翻阅了一下。然后他开始读一篇关于对位理论的新进展的文章。

这篇文章很有趣，是由这个领域很有名的一个人物写的，一个真正洞悉这一切的人。他点了一支烟，站在吊灯下，仍然穿着他那件有雪花斑点的大衣，专心读着杂志上的文章。读到第三段中间的某个地方，他抬起眼睛望着窗外。

这个窗户面向街道；窗帘拉起来一半。他走到窗前向外看去。然后打开窗纱，探出头去看了看。街上空无一人。他待在那里看着雪飘落。他感觉到风吹过的雪花冷噬着他的脸。冷空气刀削斧砍般向他袭来，他想，躺在床上会感觉很好。

他很快脱了衣服。然后，一丝不挂地爬到床单和厚被子下面，拉了拉床边的灯绳，又拉了拉另一根绳子，那根长绳子将顶灯与床柱系在一起。他靠着枕头坐在那里，又点了一支烟，继续读杂志文章。

他继续读了几分钟，然后只是看着那些印刷文字，并没有去领会它们。就这样过了一会儿，最后他让杂志掉到了地板上。他坐在那里抽烟，看着房间对面的墙。香烟快要燃烧尽了，他俯在床边桌子上将它掐灭在烟灰缸里。当他压扁托盘里的残余烟蒂时，他听到了敲门声。

狂风呼啸，夹杂着从门口传来的声音，从开着的窗户刮进来。他觉得很冷，看着门，想知道外面是谁。

然后他对自己微笑，知道是谁来了，知道接下来会听到什么，他住在这里的三年里，已经听过很多次了。

从门的另一边，一个女声低声说："你在里面，艾迪？是我，克拉丽斯。"

他爬下床，打开门，女人走了进来。他说："你好，克拉丽斯。"她看着他光着身子站在那里，就说："嘿，钻到被子下面。你会感冒的。"

然后她关上门，小心翼翼地、安静地关上门。他又在床上了，坐在那里，被子裹在他的腰间。他微笑着对她说："坐下。"

她把椅子拉到床边坐下。她说："天哪，这里真冷。"然后起身关上窗户。然后，她又坐了下来，说："你这里的冷空气恶魔真让我惊讶。真奇怪，你竟然没有感染流感。"

"新鲜空气对你有好处。"

"一年中的这个时候不会。"她说,"每年的这个时候都是给鸟类准备的,即使它们并不想要。鸟类的大脑比我们的大脑发育得更好。它们会去佛罗里达州。"

"它们能成功,它们有翅膀。"

"我真希望我有翅膀。"女人说,"或者至少是支付车费的现金。我会收拾行李向南走,享受那边的阳光。"

"你到南方去过吗?"

"当然,很多次。在嘉年华巡回赛上。有一次在杰克逊维尔,我在尝试一种新的冒险运动时扭伤了脚踝。他们把我困在医院里,甚至没有给我工资。狂欢节的那些人们——他们中有些人是狗,只是狗。"

她拿了他的一支烟,点燃了它,手臂和手腕的动作放松优雅。然后,她挥舞着燃烧的火柴,把它从一只手扔到另一只手上,火焰在半空中熄灭,她用拇指和小指抓住了那根熄灭的火柴。

"时机把握得如何?"她问他,好像他以前从未见过这个把戏。

他已经看过无数次了。她总是在表演这些小特技。有时在哈里特酒吧里,她会清理桌子,给自己腾出空间,翻筋斗,做空翻,以表明她身上还余留一些能力,即时机的把握、协调性和极快的反应能力。在她青少年晚期和二十岁出头的时候,她是一位中上水平的杂技演员。

如今,三十二岁的她仍然是一名专业人士,但从事着不同的职业。

那是在床垫上的水平杂技,她的身体以三美元一场的价格出租。在二楼地狱般的房间里,她提供了超值的服务。她在床垫上的扭曲动作完全是马戏团的特技表演。哈里特酒吧的酒吧常客一致认为"——真的很了不起,那个克拉丽斯。你从那个房间出来时,你会头晕目眩。"

她在这方面的本领之所以如此好,主要由于她既勤奋,又有表演的决心。作为一名特技舞者,她忠实地遵守严格的训练规则、严格的饮食和日常锻炼。在目前的职业中,她同样致力于遵循体育文化的某些法律法规,坚持认为"这很重要,你知道。当然,我喝杜松子酒。这对我有好处。它防止我吃得太多。我从来不会让我的肚子超负荷"。

她的身体表明,她仍然有杂技演员那种螺旋弹簧般的灵活性,而且在很多场合她的关节都是能前后弯曲的,就好像她根本没有骨头一样。她身高五英尺五英寸,体重五十五公斤,但她看起来并不瘦,骨架紧凑。胸部、臀部或大腿并不大,但是足以给她贴上女性的标签。女性的特征主要体现在她的脸、纤细的鼻子和下巴、宽阔的浅灰色眼睛上。她留很短的头发,而且总是染过的,现在它介于黄色和橙色之间。

她坐在那里,穿着毛巾布浴袍,一只袖子撕裂了一半,一直扯到肘部。拇指和小指之间还夹着烟,她把烟举到嘴边,吸了一小口,吐了出来,对他说:"怎么样?"

"今晚不行。"

"你破产了？"

他点点头。

克拉丽斯又吸了几口烟。她说："你想赊账吗？"

他摇摇头。

她说："你以前也赊过账。你在我这边的信用一直都挺好。"

"不是那样的。"他说，"只是我累了。我太累了。"

"你想睡觉吗？"她开始起身。

"不。"他说，"坐在那里。待一会儿。我们谈谈。"

"好的。"她坐回椅子上，"不管怎样，我需要有人陪我。在那个房间我有时候会变得很拖沓。他们从不想坐下来说话。好像他们害怕我会向他们收取额外费用。"

"你今晚过得怎么样？"

她耸耸肩，"就那样。"她把手伸进浴袍的口袋，里面有纸张的沙沙声和硬币的叮当声，"我想，周五晚上过得还不错。大多数周五的晚上生意都很萧条。他们要么把最后一分钱花在哈里特酒吧里，要么烂醉如泥，不得不被抬回家。否则他们太吵了，我不会去冒险一试。这位女士上周再次警告我。今天她又说了一次，我就走了。"

"她很多年来一直都这么说。"

"有时候我会诧异她为什么让我留下来。"

"你真的想知道吗？"他淡淡地笑了笑，"她的房间就在你的下面。如果她愿意，她可以换一个房间。毕竟，这是她的房子。但没有，她仍留在那个房间。所以应该是她喜欢它发出的声音。"

"声音？什么声音？"

"弹簧床的声音。"他说。

"可是你看，那女人已经七十六岁了。"

"这就是关键。"他说，"他们年纪太大了，干不了这种事，但至少他们必须拥有点什么。对她来说，她拥有了这种声音。"

克拉丽斯思考了一会儿。然后她慢慢点了点头。"想想看，你在那儿收获了点什么。"然后，她叹了一口气，"像那样变老一定很可怕。"

"你这么想吗？我不这么认为。这只是游戏的一部分，它会发生，仅此而已。"

"这不会发生在我身上。"她果断地说，"我满六十岁时，我会失控落水。无所事事有什么意义？"

"六十岁以后有很多事情要做。"

"不适合我这个人。我不加入缝纫会，也不会一夜又一夜地玩宾戈游戏。如果我没有更好的事情做，他们会让我尴尬得无所适从。"

"他们把你放进去，你会马上跳出来。你会出来翻筋斗。"

"你认为我会吗？真的吗？"

"你当然会的。"他冲她咧嘴笑着,"两个筋斗和后空翻。然后赢得掌声。"

她的脸熠熠发光,好像她能看到事情这样发生了。但后来她光着脚感觉到了坚实的地板,这让她回到了现实。她看着床上的男人。

然后她从椅子上下来,躺在床边。她把手放在盖住他膝盖的被子上。

他微微皱了皱眉头:"怎么了,克拉丽斯?"

"我不知道,我只是想做点什么。"

"但我告诉过你——"

"那是生意。这不是生意。让我想起去年夏天的一个晚上,我到这里的时候,我们开始交谈,我记得你身无分文,我说你可以赊账,但你拒绝了,所以我放弃了,我们继续谈论这样那样的事情,你碰巧提到了我的发型。你说我整的头发样式真好看。那天傍晚我自己整好头发,想知道它看起来怎么样。所以,当你这么说的时候,我当然会助你一臂之力,我说谢谢。我记得我说过谢谢。

"但我不知道,我想这不仅仅需要一个谢字。我想我应该表现出真正的感激之情。这并不是你说的'以一个人情换一个人情',更像是一种冲动,我会称之为'冲动'。结果是我让你免费得到了它。所以现在我要告诉你一些事情。我要告诉你它对我的影响。它让我感觉像是一直在天上飞。"

他的眉头皱得更紧了。然后，他皱着眉头咧嘴笑着说："你在干什么？写诗？"

她微微一笑，"听起来确实是这样的，不是吗？"她模仿自己，试了试声音，"——在天上。"她摇摇头说，"天哪，我应该把它录下来卖给肥皂剧明星。但即便如此，我想说的是，艾迪，去年夏天的那个晚上是某个，我绝不会忘记的夜晚。"

他慢慢地点点头："我也是。"

"你也记得吗？"她靠向他，"你真的记得吗？"

"当然。"他说，"这是少数几个不寻常的夜晚之一。"

"还有，如果我没记错的话，那是一个星期五的晚上。"

"我不知道。"他说。

"当然是。那肯定是一个星期五的晚上，因为第二天在哈里特酒吧里，你从哈里特那里拿到了报酬。她总是在星期六付工资给你，我记得是这样。她付了工资给你，然后你走到一张桌旁，我和一些客人正一起坐在那里。你想给我三美元。我说你见鬼去吧。然后你想知道我为什么难过，我说我不难过。为了证明这一点，我请你喝了一杯。双份杜松子酒。"

"没错。"他说，回忆起当时他不想喝杜松子酒，他只是作为一种姿态接受了它。当他们举杯时，她一直在透过她的杯子和他的杯子看，好像想告诉他一些只有通过杜松子酒才能说出来的话。他现在想起来了。他记得很清楚。

他说:"我真的很累,克拉丽斯。如果我不累……"

她的手从他膝盖上的被子边移开。她耸耸肩说:"嗯,我想不是所有的星期五晚上都一样。"

他微微退缩了一下。

她朝门口走去。在门边她转过头来朝他友好地笑了笑。他开始说什么,但说不出口。他看她的笑容变成了一种担心的表情。

"那是什么,艾迪?"

他并不知道自己脸上的表情。他努力露出温和而轻松的微笑,但他却做不到。然后,他眨巴了几下眼睛,竭尽全力,嘴唇上露出了笑容。

但她看着他的眼睛:"你确定你没事吗?"

"我很好。"他说,"为什么我不应该开心?我无忧无虑。"

她向他眨眼,好像在说:"你想让我相信,我就相信。"然后她道晚安,走出了房间。

五

他没怎么睡,他想着特里。为什么要想那件事?你知道他们没有抓到特里。如果他们抓住了特里,他们就不需要你了。他们来找你是因为他们很想和特里谈谈。怎么了?是的,你不知道,也不在乎。所以我想你现在可以睡觉了。

他想起在哈里特酒吧时,啤酒箱掉到哈里特酒吧地板上的情景。他想,当你这样做的时候,你就开始参与一些事情。就像你告诉他们你和特里有关系一样。他们很自然地抓住了这个机会。他们认为你可以带他们去特里那里。

但我想现在一切都好了。第一,他们不知道你是他的兄弟。第二,他们不知道你住在哪里。我们将跳过第三，因为第三是那个女招待，你不想想到她。好吧，我们不会去想她，我们把注意力集中在特里身上。你知道他逃走了，很高兴地知道，同时你也很高兴地知道他们不会抓住你。毕竟，他们不是警察，他们不能到处去发问。反正不在这个街区。在这个街区，总之获取情报肯定不容易。这里的公民在要他们说出事实和数据，特别是某人的地址时，坚持守口如瓶的原则。你在这里住了很长时间才知道这一点。你知道，对所有的票据收集者、逃犯追踪者或任何类型的追踪者，有一条非常严密的防线。所以不管他们问谁，他们都一无所获……等等，你确定吗？

我只确定一件事，先生。你需要睡眠，却睡不着。你已经开始了一些事情，你正在把事态扩大，而事实是，它根本什么都不是。这只是它的大小，它不过一直和往常一样在零的位置。

他睁开眼睛，看着窗户。在黑暗中，他可以看到白点在黑色屏幕上移动，数百万个白点从那里倾泻而下，他想，这些孩子们，他们今天要玩雪橇。比方说，那扇窗户是开着的吗？当然它是开着的，你可以看到它是开着的。克拉丽斯离开后你打开了它。好吧，让我们把它开大一点。我们这儿就有更多的空气进来，这可能有助于我们入睡。

他起床走到窗前。径直打开窗户。然后他探出头去看，街上空无一人。他又躺在床上，闭上眼睛，一直闭着，终于睡着了。他睡了不到一个小时，起身走到窗前向外看去。街上空无一人。然后，他又睡了几个小时，觉得有必要再看一眼。他靠在窗边，向外望去，发现街上空无一人。这是最后一次，他告诉自己。我不会再看了。

现在是六点十五分，闹钟上的这些数字是黄白相间的，"我现在要睡一觉，实实在在地睡一觉。"他决定。睡到一点，或者一点半。他把闹钟设置到一点半，爬上床睡着了。八点钟，他醒来，走到窗前，然后他回到床上，一直睡到十点二十分，这时他又去了一趟窗户。外面除了雪以外，什么也没发生。简直是风雪交加，看起来已经有几英寸深了。他看了一会儿，然后爬上床睡着了。两个小时后，他起来站在窗前。什么也没发生，他又回去睡着了。不到三十分钟，他就醒了，站在窗前。街上除了别克车以外空无一人。

那辆别克是全新的，浅绿色和奶油色的硬顶敞篷车。它停在街对面，从窗户的角度可以看到他们坐在前排座位上，他们两个。他首先认出了那两顶毛毡帽，珍珠灰的和深灰色的。是他们，他告诉自己。你知道他们会出现的。你整个晚上一直是明白的。但是他们是怎么知道地址的？

让我们来搞清楚。让我们穿好衣服出去弄个明白。

穿好衣服，他并不着急。他们会等的，他想。他们并不着急，也不介意等。但外面很冷，你不应该让他们等太久，这太不体贴人了。毕竟，他们很体贴你，真的很体贴。他们没有来这里破门而入，把你从床上拖起来。我觉得他们太好了。

他迅速穿上破旧的大衣，走出房间，走下台阶，走出前门。他走过被雪覆盖的街道，他们看见他来了。他对他们微笑。他走近时，轻轻地挥了挥手表示肯定，开车的人也挥手回应。就是那个又矮又瘦，戴着珍珠灰帽子的人。

车窗降了下来，开车的人说："你好，艾迪。"

"艾迪？"

"这是你的名字，对吧？"

"是的，那是我的名字。"他继续微笑着。他的眼睛温和地询问道，谁告诉你的？

瘦削的矮个子不声不响地回答："我们暂时忽略这个吧。"然后大声说道，"他们叫我费瑟。这有点像昵称。我在那个量级。"他指着另一个人说，"这是莫里斯。"

"很高兴遇见你们。"艾迪说。

"我们也是。"费瑟说，"我们很高兴见到你，艾迪。"然后他把手缩回来，打开后门，"为什么要站在雪地里？坐进来，舒服一点。"

"我很舒服。"艾迪说。

费瑟继续把门开着："车里比较暖和。"

"我知道的。"艾迪说,"我愿意待在这里。我喜欢在外面。"

费瑟和莫里斯面面相觑。莫里斯把手移向衣领,手指在里面滑来滑去,费瑟说:"别管它。我们不需要它。"

"我想给他看看。"莫里斯说。

"他知道它就在那里。"

"也许他不确定。我想让他确定。"

"好吧,给他看看。"

莫里斯把手伸进衣领下面,拿出一把黑色的左轮手枪。它很粗,看起来很重,但他拿起来就像拿一支自来水笔。他将手枪旋转了一圈,它平稳地落在了他的手掌里。他让它在那里待了一会儿,然后把它放回翻领下的枪套里。费瑟对艾迪说:"你想上车吗?"

"不。"艾迪说。

费瑟和莫里斯又面面相觑。莫里斯说:"也许他认为我们在开玩笑。"

"他知道我们不是开玩笑。"

莫里斯对艾迪说:"上车。你要上车吗?"

"如果我愿意的话。"艾迪又笑了,"只是现在我不愿意。"

莫里斯皱着眉头,"你怎么了?你不可能那么愚蠢。也许你脑子有什么病。"然后,对费瑟说,"你看他怎么样?"

费瑟打量着艾迪的脸,"我不知道。"他轻声细语,若有所思,"他看起来像是什么都感觉不到。"

"他能感觉到金属。"莫里斯说,"如果他脸上有一大块金属,他就会感觉到的。"

艾迪站在打开的窗户旁边,双手摸索着口袋,寻找香烟。费瑟问他在找什么,他说"找一支烟",但没有烟,最后费瑟给了他一支,帮他点燃了,然后说:"如果你愿意,我会给你更多。我会给一整包。如果还不够,我会送给你一纸箱,或者你宁可要现金。"

艾迪一声不吭。

"五十美元怎么样?"莫里斯对艾迪和蔼地笑着说。

"我能用那买到什么?"他没有看他们中的任何一个。

"一件新大衣。"莫里斯说,"你能穿上一件新大衣。"

"我想他想要的不止这些。"费瑟再次打量着艾迪的脸,他在等艾迪说什么,等了大约十五秒,他说,"你要报一个数吗?"

艾迪轻声细语地说:"为什么?我在销售什么呢?"

"你知道的。"费瑟继续说,"一百?"

艾迪没有回答。他斜掠过打开的车窗,穿过挡风玻璃,穿过别克的引擎盖。

"三百?"费瑟问。

莫里斯插话道:"这够支付很多开销。"

"我没有多少开销。"艾迪说。

"那你为什么故意拖延?"费瑟温和地问道。

"我没有拖延。"艾迪说,"我只是在思考。"

"也许他认为我们没有那么多钱。"莫里斯说。

"这就是交易受阻的原因吗?"费瑟对艾迪说,"你想看看我们的钱吗?"

艾迪耸耸肩。

"当然,让他看看。"莫里斯说,"让他知道我们不只是在夸口,我们有雄厚的资金。"

费瑟把手伸进夹克的内袋,拿出一个闪闪发光的蜥蜴皮夹。他的手指伸了进去,拿出一捆清爽的纸币。他大声数了数,好像是在为自己数,但声音大得足以让艾迪听见。二十元、五十元、几百元。总额远远超过两千美元。费瑟把钱放回皮夹,将皮夹放回口袋。

"你随身携带了一大笔钱。"艾迪评论道。

"这是一笔微不足道的钱。"费瑟说。

"这取决于年收入。"艾迪低声说,"你大赚一笔,你就可以携带一大笔钱。或者有时它并不属于你,他们只是给你花。"

"他们?"费瑟眯起眼睛,"你说的他们指谁?"

艾迪又耸耸肩,"我的意思是,当你为大人物工作时——"

费瑟瞥了莫里斯一眼。安静了一会儿。然后费瑟对艾迪说:"你不会这么可爱吧?"

艾迪对那个又矮又瘦的男人微笑,没有回答。

"帮你自己一个忙。"费瑟平静地说,"别对我耍聪明。我只会生气,然后我们就不能谈生意了。我会很失望的。"

"现在让我们看看。刚才说到哪了?"他看着方向盘。用纤细的手指在方向盘光滑的边缘打了一下。

"三百。"莫里斯说,"在三百块的时候他是不会卖出去。所以我想,你给他五百——"

"好吧。"费瑟看着艾迪,"五百美元。"

艾迪低头扫了一眼手指间的香烟。他把它举到嘴边,沉思地拖延着。

"五百。"费瑟说,"不能再多了。"

"我已经决定了?"

"这是上限。"费瑟说,把手伸进夹克里,去拿皮夹。

"门都没有。"艾迪说。

费瑟又与莫里斯交换了一个眼神,"我不明白。"费瑟说,他说话时好像艾迪不在,"我见过各种各样的事情,但这里的这一件对我来说却是新鲜事一桩。他怎么了?"

"你在问我?"莫里斯做了一个绝望的手势,手掌向上伸出,"我伸不到那么远。他是月球材料做成的。"

艾迪脸上带着轻松的微笑,什么也没看。他站在那里慢悠悠地抽着烟。他的大衣没有扣扣子,好像他没有感觉到风和雪。车里的两个男人盯着他,等他说点什么,以表明他真的还在那里。

最后,费瑟说:"好吧,让我们换个角度试试。"他的声音很温和,"是这样,艾迪。我们只想和他谈谈。我们不是想伤害他。"

"伤害谁?"

费瑟打了个响指:"拜托,让我们认真点对待。你知道我在说谁。你哥哥,特里。"

艾迪的表情没有改变。他甚至没有眨眼。他对自己说,好吧,就是这样子。他们知道你是他的兄弟。所以现在你介入其中了,你被牵连了进来,我希望你能想办法退出来。

他听到费瑟说:"我们只是想让他坐下来聊聊。你所要做的就是给我们牵线搭桥。"

"我不能那样做。"他说,"我不知道他在哪里。"

莫里斯说:"你确定吗?你确定你不是在设法保护他吗?"

"我为什么要?"艾迪耸耸肩,"他只是我的兄弟。为了五百元,如果我不把他交出来,那我就是个傻瓜。毕竟,兄弟是什么?兄弟什么都不是。"

"现在他又开始耍可爱了。"费瑟说。

"一个兄弟，一个母亲，一个父亲。"艾迪又耸耸肩说，"他们根本不重要。就像你隔着柜台出售的商品一样。"他的声音低了一点，"根据某些思维方式。"

"他现在在说什么？"莫里斯想知道。

费瑟说："我想他是在叫我们滚蛋。"他看了莫里斯一眼，慢慢地点了点头，莫里斯拿出左轮手枪，然后费瑟对艾迪说，"打开门，进去。"

艾迪站在那里对他们微笑。

"他想吃一枪。"莫里斯说，然后传来了保险栓的声音。

"美妙的噪音。"艾迪说。

"你想听一些真正美妙的东西吗？"费瑟低声说。

"首先你要数到五。"艾迪告诉他，"继续，数到五，我想听你数数。"

费瑟瘦削的脸粉白粉白的，"让我们数到三。"但他说的时候正从艾迪身边看过去。

艾迪说："好吧，我们数到三。你想让我替你数数吗？"

"稍后。"费瑟说，仍然从他身边望过去，现在微笑了，"也就是说，当她来到这里的时候。"

就在这时，艾迪感觉到了风雪交加。风很冷。他听到自己在说："谁到这里的时候？"

"性感女人。"费瑟说,"我们昨晚看到和你在一起的性感女人。她是来拜访你的。"

他转过身来,看见她从街上走过。她斜穿过街道,朝汽车走来。他把手举得刚好够高,做了一个警告手势,告诉她走开,请走开。她一直向汽车走去,于是他想,她知道你的处境,她认为她可以帮助你。但是那把枪。她看不见那把枪……

他听到费瑟的声音说:"她是你的女朋友吗,艾迪?"

他没有回答。女招待走近了。他又做了一个警告的手势,但现在她离得很近,他把目光从她身上移开,瞥了一眼车内。他看到莫里斯斜坐着,枪慢慢地从一边移到另一边,用枪瞄准两个人而不是一个人。

六

然后她站在他旁边,他们都看着枪。他等着她问他这是怎么回事,但她什么也没说。费瑟向后靠着,对他们微笑,给了他们足够的时间研究枪,思考枪。这样大概持续了半分钟,然后费瑟对艾迪说:"关于那个计数计划。你还想让我数到三。"

"不。"艾迪说,"我想没那必要。"他尽量克制自己不皱眉头。他对女招待感到很恼火。

"座位如何安排?"莫里斯想知道。

"你坐在后面。"费瑟告诉他,然后从莫里斯手中接过枪,打开车门下车。当他与艾迪和莉娜一起走的时候,他把枪紧紧握在身边,当他们绕到汽车的另一边时,他就在他们身后一点。他叫他们坐在前排。艾迪想先上车,费瑟说:"不,我想让她在中间。"她爬进去,艾迪跟着她。莫里斯从后座伸手去拿费瑟的枪。就在那一瞬间,有一个拦截的机会,但机会不大。艾迪想,不管你有多快,枪都会更快。你袭击它,它就会袭击你。你知道它总是会先到达那里。我想我们最好面对这样一个事实:我们要去某个地方走一趟。

他看着费瑟从方向盘后面爬了进来。女招待坐在那里透过挡风玻璃直视前方,"往后坐一点。"费瑟对她说,"你舒服一点也无妨。"她看都不看费瑟一眼就说:"谢谢。"然后向后靠,双臂交叉。费瑟启动了发动机。

别克平稳地沿着街道行驶,转过一个拐角,沿着另一条狭窄的街道行驶,驶入一条更宽的街道。费瑟打开了收音机。一曲很酷的爵士乐在一种轻松的气氛之中流淌。这是一曲旋律优美的音乐,某个专业人士轻触钢琴键盘与柔和的萨克斯管合奏而成,"那架钢琴真不错。"艾迪自言自语地说。我想那是巴德·鲍威尔。

然后他听到莉娜说:"我们要去哪里?"

"问问你的男朋友。"费瑟说。

"他不是我的男朋友。"

"好吧,无论如何还是问问他吧。他是领航员。"

她看着艾迪。他耸耸肩,继续听音乐。

"来吧。"费瑟对他说,"开始领航。"

"你们想去哪里?"

"特里。"

"那是哪儿?"莉娜问道。

"这不是一个城镇。"费瑟说,"是他哥哥。我们和他哥哥有笔交易。"

"昨晚的那个男人?"她问艾迪,"那个从哈里特酒吧里跑出来的人?"

他点了点头。

"他们核查了一下。"他说,"首先他们发现他是我哥哥。后来他们得到了更多情报。他们得到了我的地址。"

"谁告诉他们的?"

"我想我知道。"他说,"但我不确定。"

"我会为你解除困惑。"费瑟主动提出,"今天早上酒吧开门的时候,我们回到了那个酒吧。我们买了几杯饮料,然后我们开始与那个大肚皮交谈,我是说那个看起来像个过气的摔跤手的人……"

"普林。"女招待说。

"他叫这个名字吗?"费瑟轻轻地按了一下喇叭,两个非常年轻的雪橇手跳回到了路边,"所以说,我们在酒吧,他越发友好了,他告诉我们他是总经理,他在家里招待我们喝了一杯。然后他谈天说地,避开他想表达的观点。有那么一会儿他行为得体,但最后他说得太多了,而且他说话越来越不得体。我们只是站在那里看着他。然后他开始说教,开始发表他的论点。他想知道我们在做什么游戏。"

"他说这话时多少有点饥饿难耐。"后座上的莫里斯说。

"是的。"费瑟说,"就像他说的那样,我们是大人物,他正在找一个机会。你知道这些过气名人是怎么回事,他们都想再次登上舞台。"

"不是所有的。"女招待瞥了艾迪一眼,然后,再次转向费瑟,"你刚才说什么来着?"

"好吧,我们什么都没给他,只是一些毫不顶用的话,只会让他更为饥饿,就抛开那些话题吧,这好像不太重要一样,我提到了我们这位朋友,他把啤酒箱撞倒了。当然,希望很渺茫。但它得到了回报。"他对艾迪报以亲切的微笑,"它得到了很好的回报。"

"那个普林。"女招待说,"那个普林和他的大嘴巴。"

"他也得到了回报。"费瑟用手比画了一下说,"为得到情报,我悄悄塞给了他一些钱。"

莫里斯说:"那五十块钱让他瞠目结舌。"

费瑟轻声地笑了起来:"这让他想贪图更多。他让我们再造访他一次,如果还有什么他能做的,我们应该拜访他,然后——"

"一只猪。"她说,"一只肮脏的猪。"

费瑟继续大笑。他扭过头看了看,对莫里斯说:"话说回来,那就是他看上去的样子。我的意思是,当他想赢得那五十块的时候。就像一头猪奔赴泔脚一样。"

莫里斯指着挡风玻璃:"小心你要去的地方。"

费瑟停住笑:"谁开车?"

"你掌握方向盘。"莫里斯说,"但你看这么多雪,都冻住了。我们没有链条。"

"我们不需要链条。"费瑟说,"我们有雪地轮胎。"

"好吧,即便如此。"莫里斯说,"你最好小心驾驶。"

费瑟又看了他一眼:"你在告诉我怎么开车?"

"拜托。"莫里斯说,"我只是告诉你——"

"别告诉我怎么开车。我不喜欢别人告诉我怎么开。"

莫里斯说:"下雪的时候,总会有意外发生。我们得到达我们要去的地方……"

"这个说法很合理。"费瑟说,"除了一件事。我们还不知道要去哪里。"

然后他探寻地瞥了艾迪一眼。

艾迪正在听广播里的音乐。

费瑟把手伸向仪表板，关掉了收音机。他对艾迪说："我们想知道我们要去哪里。你想帮我们一下吗？"

艾迪耸耸肩："我告诉过你，我不知道他在哪里。"

"你不知道吗？一点都不知道？"

"这是一个大城市。"艾迪说，"这是一个很大的城市。"

"也许他不在城里。"费瑟低声说。

艾迪眨了几下眼睛。他正直视前方。他感觉到女招待在看着他。

费瑟温柔地追问着："我说也许他不在城里，也许他在乡下。"

"什么？"艾迪说。好吧，他告诉自己。放松点，现在。也许他在瞎猜。

"乡村。"费瑟说，"比如说，在新泽西州。"够了，艾迪想。这不是瞎猜。费瑟说："或者我们把范围缩小一点。让我们去南泽西州吧。"

这时艾迪看了看费瑟。他一言不发。女招待坐在他们中间，安静而放松，双手交叉放在腿上。

莫里斯假装无知，有点嘲讽地说："南泽西岛是怎么回事？南泽西岛有什么？"

"西瓜。"费瑟说，"他们在那里种植西瓜。"

"西瓜？"莫里斯在扮演捧哏的配角，"谁种的？"

"农民呀，蠢货。南泽西州有很多农民。那里到处都是小农场，小块西瓜地。"

"哪里？"

"在哪里，你什么意思？我刚刚告诉过你在哪里。在南泽西州。"

"西瓜树？"

费瑟对前排两位乘客说："评评理，他认为它们长在树上。"

然后，他对莫里斯说："它们长在地里。就像生菜一样。"

"嗯，我见过他们种生菜，但从来没见过种西瓜。我怎么没见过西瓜？"

"你视而不见。"

"我当然看了。我总是看风景，尤其是在南泽西岛。我去过南泽西岛很多次，去梅角，去怀尔德伍德。一直都在看。"

"没有西瓜？"

"没有。"莫里斯说。

"我猜你晚上是在开车。"费瑟对他说。

"有可能。"莫里斯趁机说，"或者这些农场离公路很远。"

"好吧，这是一个角度。"费瑟快速地看了艾迪一眼，然后低沉柔和地说，"有些农场就在后面的树林里。我的意思是，这些西瓜地，他们有些藏在后面。"

"好吧，"女招待转向艾迪，"他们在说些什么？"

"没什么。"艾迪说。

莫里斯说:"你当然希望没什么。"

她转向费瑟:"是什么呢?"

"他的家人。"费瑟又看了艾迪一眼,"你说吧,你告诉她吧。你最好是告诉她。"

"告诉她什么?"艾迪轻声说道,"有什么好说的?"

"有很多。"莫里斯说,"就是这样,如果你参与进来的话。"他轻轻地把枪向前移动了一点,这样枪管差点碰到艾迪的肩膀,"你参与了吗?"

"嘿,拜托了——"艾迪把肩膀挪开。

"那里发生了什么事?"费瑟问道。

莫里斯说:"他害怕棍棒。"

"他当然害怕。我也是。把那东西收起来。我们撞到路面一个隆起处,它可能会爆炸。"

"我想让他知道——"

"他知道。他们两个都知道。他们不需要感觉到就知道它在那里。"

"好吧。"莫里斯听起来有些怒气,"好吧,好吧。"

女招待看着费瑟,然后看看艾迪,然后又看看费瑟。她说:"好吧,如果他不能告诉我,也许你可以——"

"关于他的家人?"费瑟笑着说,"当然,我了解了一些情况。他有母亲、父亲和两个兄弟。一个就是这个特里,另一个名叫克利夫顿。对吧,艾迪?"

艾迪耸耸肩:"你说是就是吧。"

"你知道我在想什么吗?"莫里斯慢慢地说,"我认为他参与其中。"

"参与什么?"女招待厉声说道,"至少你可以给我讲讲——"

"你会明白的。"费瑟告诉她,"等我们到达那所房子,你就会明白的。"

"哪所房子?"

"在南泽西岛。"费瑟说,"在树林里,那里曾经是一片西瓜地,但杂草丛生,现在不再是农场了。现在只是一栋旧木屋,周围长满了杂草。后来变成了丛林。方圆几英里没有其他房子了——"

"也没有路。"莫里斯插话道。

"反正没有水泥路。"费瑟说,"如果把你带到树林深处的马车径,你看到的只是树和更多的树。最后,房子就在那个地方。就是那栋远离尘嚣的房子。这就是我所说的悲观布局。"他看了看艾迪,"我们没有时间游手好闲了。你知道路线,所以你的工作就是指路。"

"为什么?"女招待问道,"你为什么需要指路?你描述那所房子就像你去过那里一样。"

"我从来没有去过那里。"费瑟继续看着艾迪,"是别人告诉我的,仅此而已。但他们遗漏了一些事情。他们忘了告诉我如何到达那里。"

"他会告诉你的。"莫里斯说。

"他肯定会告诉我的。他还能做什么?"

莫里斯轻轻触碰了一下艾迪的肩膀:"去。"

"还没到时候。"费瑟说,"等一下,等我们过桥进入南泽西岛。然后他会告诉我们该走哪条路。"

"也许他并不知道。"女招待说。

"你在开玩笑吗?"费瑟朝她快速扳了一下手枪,"他在那所房子里出生和长大。对他来说,这只是一次返乡之旅,探访故亲。"

莫里斯说:"就像回家过感恩节一样。"他又碰了碰艾迪的肩膀,这一次是友好的一拍,"毕竟,没有比家更好的地方了。"

"除非那不是家。"费瑟轻声说,"不过是一个藏身之处。"

七

现在他们来到了前街,向南驶向特拉华河大桥。他们正走进拥堵高峰地段,在利哈伊大道以南的街道上挤满了人。除了汽车和卡车,周六下午成群结队的购物者也在缓慢移动着,其中一些人迎着风雪低头乱穿马路。别克车开得很慢,费瑟不停地按喇叭。莫里斯咒骂着行人。在别克的前面有一辆很旧的车,没有链子。它还缺少挡风玻璃雨刮器。别克车以大约每小时十五英里的速度行驶。

"鸣喇叭给他。"莫里斯说,"再给他按喇叭。"

"他听不见。"费瑟说。

"继续按该死的喇叭,继续吹喇叭。"

费瑟压住镀铬的边缘,喇叭响了又响。在前面的车里,司机转过身来,皱着眉头,费瑟继续按喇叭。

莫里斯说:"试着超过他。"

"我没有办法。"费瑟嘀咕道,"这条街不够宽。"

"现在试试。现在没有车开过来。"

费瑟向左开,别克又往旁边偏移了一点。他开始从那辆旧车旁驶过,然后一辆面包车开了进来,看上去就要迎面相撞了。

费瑟使劲拉方向盘,及时拉回来了。

"你应该坚持开的。"莫里斯说,"你有足够的空间。"

费瑟一言不发。

一群中年妇女穿过别克和前车之间的街道,她们似乎完全忘记了别克的存在。费瑟的脚猛地踩在刹车踏板上。

"你停下来干什么?"莫里斯喊道,"她们想挨撞,那就撞她们!"

"没错。"女招待说,"压碎她们。把她们压成浆。"

女人们走过,别克车开始向前开。然后一群孩子飞快地穿过,别克又停了下来。

莫里斯打开身边的窗户,探出头来喊道:"该死的,你们到底怎么了?"

"去死吧。"其中一个孩子说。那是一个大约七岁的女孩。

"我会替你折断你的小脖子。"莫里斯对她喊道。

"不要紧。"孩子回敬道,"离我的蓝色羊皮鞋远点。"

其他孩子开始唱摇滚乐曲调"蓝色羊皮鞋",弹拨着想象中的吉他,模仿各种活力四射的表演者。莫里斯关上窗户,咬牙切齿地说:"该死的少年犯。"

"是的,这很成问题。"女招待说。

"你闭嘴。"莫里斯告诉她。

她转向艾迪:"问题是,没有足够的游乐场。我们应该有更多的游乐场。这会让他们离开街道。"

"是的。"艾迪说,"人们应该做点什么。这是一个非常严重的问题。"

她转过头,回头看了莫里斯一眼:"你觉得怎么样?有意见吗?"

莫里斯置若罔闻。他再次打开窗户,身体前倾,专注于迎面而来的车流。他对费瑟喊道:"现在很清楚了。继续向前开——"

费瑟开始转动方向盘。然后他改变主意,把车退回前车后面。过了一会儿,一辆出租车从另一个方向呼啸而来。它飞驰而过,只留下一片模糊的黄色。

"你本可以成功的。"莫里斯抱怨道,"你有充足的时间——"

费瑟一言不发。

莫里斯说:"你必须找准机会穿过去。现在,如果我掌控那个方向盘——"

"你想掌控方向盘?"费瑟问道。

"我不过是说……"

"我把方向盘给你。"费瑟说,"我会把它绕在你脖子上。"

"别激动。"莫里斯说。

"别管我,让我开车。行吗?"

"当然。"莫里斯耸耸肩,"你是司机。你知道怎么开车。"

"那就别出声。"费瑟再次面对挡风玻璃,"如果有一件事情我能做,那就是开车。没有人能告诉我怎么做。我能让汽车做任何事情——"

"除了穿过车流。"莫里斯说。

费瑟的头再次转动。他的目光呆滞冰冷,对准了那个又高又瘦的男人:"你在干什么?你想激怒我吗?"

"不。"莫里斯说,"我只是在讲话而已。"

费瑟继续看着他:"我不需要那种谈话。你和其他人进行这种谈话吧。你去告诉别人如何开车。"

莫里斯指着挡风玻璃:"请密切关注交通——"

"你就是不肯消停,是吗?"费瑟在座位上轻轻地移动了一下,以便更充分地打量车尾的那个人,"现在我要告诉你一件事,莫里斯。我要告诉你——"

"留意红绿灯。"莫里斯喊道,并疯狂地朝挡风玻璃做手势,"你闯红灯了……"

费瑟一直看着他:"我告诉你,莫里斯。我最后一次告诉你——"

"灯。"莫里斯尖叫道,"它是红色的,红色的,它表示停止——"

当费瑟把脚从油门踏板上移开,然后轻轻踩下刹车时,别克车离十字路口大约二十英尺远。车停了下来,艾迪瞥了一眼女招待,发现她正集中注意于交叉街道的另一边,一辆黑白相间的警车并排停在那里,两名警察站在那里与停在禁停区的卡车司机交谈。艾迪看到了警车,他想知道女招待是否也看到它了,她应该知道接下来该怎么办。他想,现在是时候了,不会再有机会了。

女招待动了动左腿,她的脚以全马力踩在油门上。当别克汽车冲过红灯时,行人纷纷躲开,差点撞上一辆西行的汽车,然后保持南行,穿过电车轨道,当费瑟踩下刹车,而女招待的脚一直踩在油门上,车突然前倾。一辆向东行驶的拖车急转弯,在人行道上行驶。一些妇女尖叫着,人行道上出了相当多的状况,刹车发出刺耳的声音,最后,一名警察的哨声在空中呼啸而过。

别克停在电车轨道的南侧。费瑟向后靠着坐在那里,侧身看着女招待。艾迪看着警察,警察对拖车司机大喊大叫,让他离开人行道。没有人受伤,尽管有几个行人相当紧张。几个女人语无伦次地大喊大叫,指责别克。然后,渐渐地,一群人向别克逼近。别克车上根本没有人说话。汽车周围的人群越来越密集。费瑟还在看着女招待。艾迪瞥了一眼后视镜,看到莫里斯摘下了帽子。莫里斯手里拿着帽子,愚蠢地凝视着窗外的人群。人群中的一些人在对费瑟说话。然后,人群排列在那辆黑白相间的汽车边,为警察让路。艾迪看到另一个警察仍在忙于应对那个违章停车的人。他慢慢地转过头来,女招待正看着他。她似乎在等他说什么或做什么。她的眼睛对他说,该你发挥了,从现在开始,一切由你决定。他做了一个非常轻微的手势,指着自己,好像在说:"好吧,我来处理。我来说。"

警察平静地对费瑟说:"我们清理一下交通,把它带到路边。"别克车缓缓驶过十字路口的剩下一段路,警察与其同行,指引司机开到东南角,"关掉引擎。"警察告诉费瑟,"下车。"

费瑟关掉引擎,打开门就下车了。人群继续喧嚷着。一个男人说:"他心烦意乱。他一定是心烦意乱才那样开车。"一位老妇人喊道:"我们再也不安全了。我们冒险外出,我们在玩命啊——"

警察走近费瑟说:"有多少人?"费瑟回答:"我们只有四个人。我可以开车送你去酒吧,你问问酒保。"警察上下打量着费瑟:"好吧,所以你没有喝醉。那你怎么解释呢?"当费瑟开口回答时,艾迪很快插话说:"他就是不会开车,仅此而已。他是个糟糕的司机。"费瑟转过身来看着艾迪。艾迪继续说道:"他总是造成交通堵塞。"然后他转向女招待说:"来吧,亲爱的。我们不需要这个。我们可以坐电车。"

"不能怪你们。"警察在他们下车时对他们说。莫里斯在后座上喊道:"再见,艾迪。"有那么一会儿,大家犹豫不决。艾迪瞥了警察一眼,心想:你要告诉警察发生了什么事吗?你觉得那样更好吗?不,他决定了。这样可能更好。

"稍后。"当他们穿过人群时,莫里斯对他们喊道。女招待停下来,回头看了莫里斯一眼,"是的,等你给我们打电话。"她向别克车里又高又瘦的男人挥手,"我们等着——"

他们继续穿过人群。然后他们沿前街向北走。雪下得缓了一些。现在天气稍微暖和了一点,太阳正想要探出头来。但是风并没有减弱,仍然有点刺骨,艾迪想,还会下更多的雪,严格来说,天空看起来呈现出多变的天气,可能会有暴风雪。

他听到女招待说:"我们离开这条街吧。"

"他们不会绕回来。"

"他们有可能。"

"我认为他们不会。"他说,"那个警察与他们交涉完之后,他们会非常累。我想他们会去看电影或洗土耳其浴什么的。今天他们已经受够了。"

"他说他稍后见我们。"

"你给了他一个很好的答案。你说我们会等着,这提供给他们一些想法。他们真的会考虑的。"

"多久?"她看着他,"他们多久才会再试一次?"

他随便做了个手势:"谁知道?为什么担心这个?"

她模仿他的手势,模仿他冷淡的语气:"好吧,也许你是对的。除了一个小地方。他手里的东西不是水枪。如果他们来找我们,那可能是个值得担心的东西。"

他什么也没说。他们现在只是走得稍快了一点,"嗯?"她说,他没有回答。她又说了一遍。她看着他的脸,等着他回答,"怎么样?"她抓住了他的胳膊。他们停了下来,面对面站着。

"现在看,"他淡淡地笑了笑,"这不是你的问题。"

她把重心转移到一条腿上,把手放在臀部说:"我不太明白。"

"很简单。我只是重复你昨晚说的话,我以为你是故意的。不管怎样,我希望你是故意的。"

"换句话说,"她深深地吸了一口气,"你是在告诉我别管闲事。"

"好吧,我不会那样说的……"

"为什么不呢?"她声音稍微大了一点,"别那么客气。"

他凝视着她,笑容很柔和:"我们不要闹别扭——"

"你太客气了。"她说,"你想表明你的观点,就直说。不要绕圈子。"

他的笑容消失了。他试图重新做出一个笑容,却做不好。别看她,他告诉自己。你看着她,昨晚在小巷里那样的感觉会再次出现,当时她站在你身边。

她现在离你很近了,想想看。她太近了。他向后退了一步,继续凝视着她,然后听到自己说:"我不需要这个。"

"需要什么?"

"没什么。"他喃喃自语,"让他去吧。"

"他在骑行。"

他皱着眉,向她走了一步。你在干什么?他问自己。然后他摇摇头,试图理清思绪。这是不可能的。他感到头晕。

他听到她说:"好吧,我不妨知道谁和我一起骑行。"

"我们现在没有骑行。"他试着让自己相信这话,并对她咧嘴笑了,"我们只是站在这里闲聊。"

"是这样吗?"

"当然。"他说,"就是这样,还能是什么呢?"

"我不知道。"她面无表情,"也就是说,除非有人告诉我,否则我不会知道。"

"暂且不管它。"他自言自语地说。我最好不管它。但看看她,她在等着。但又不仅如此,她还在渴望。她渴望你说点什么。

"我们走吧。"他说,"站在这里没有用。"

"你说得对。"她笑着说,"这样肯定不会让我们抵达任何地方。来吧,我们走吧。"

他们继续沿前街向北走。现在他们走得很慢,没有说话。他们走了好几个街区都没说话,然后她又停下来对他说:"对不起,艾迪。"

"对不起?关于什么?"

"插手此事,我本可以置身事外的。"

"这没什么,只是恰好让我们遇到了。"

"谢谢。"她说,他们站在一个小杂货商店的外面,她瞥了一眼橱窗,"我想我该去买点东西——"

"我最好和你一起进去。"

"不。"她说,"我可以自己去。"

"我的意思是,万一他们……"

"听着,你说过没什么好担心的。你让他们去看电影或洗土耳其浴——"

"或者伍尔沃斯商店。"他插话道,"他们可能会走进这家伍尔沃斯。"

"如果他们这样做呢?"她耸耸肩,"他们想找的不是我,而是你。"

他对她笑了笑:"时间紧得很。除非它压根儿不切断那条道。他们现在也盯上你了。和我绑在一起。就像我们是一个球队一样——"

"一个球队？"她把目光从他身上移开，"某个球队。你甚至都不告诉我得分。"

"什么得分？"

"南泽西州，树林里的那所房子，你的家人——"

"这方面的得分是零。"他说，"我不知道那里发生了什么。"

"甚至连一点线索都没有？"她斜视了他一眼。

他没有回答。他想，你能告诉她什么？当你什么都不知道的时候，你到底能告诉她什么？

"好吧。"她说，"不管是什么，你肯定不会让警察知道。我是说你游戏的方式，不告诉警察关于那把枪的事。不让警察介入。或者，比方说，让你的家人远离警察，是这样的思路吗？"

"是的。"他说，"就是这样的思路。"

"还有更多吗？"

"再也没有了。"他说，"我一无所知。"

"好吧。"她说，"好吧，爱德华。"

突如其来的一阵安静，就像一个阀门打开了，安静冲了进来。

"或者是艾迪？"她大声问自己，"好吧，现在他还是艾迪。是在哈里特酒吧的旧钢琴旁的艾迪，但几年前是爱德华——"

他从一侧摆手，求她不要说了。

她说："是爱德华·韦伯斯特·林恩，音乐会钢琴家，在卡内基音乐厅表演。"

她转过身，走进廉价品店。

八

情况就是如此,他对自己说。但她怎么知道的?是谁向她通风报信的?我认为应该对此进行考查。或者也许不需要考查。她理所当然地想起了某些事情。她一定是突然想了起来。就是这样,事情通常是这样发生的。它突如其来,名字、面孔和音乐,或者音乐、名字和面孔。七年前所有的东西都混在一起了。

她什么时候想起来的?她已经在哈里特酒吧工作了四个月,一周六个晚上。直到昨晚她才知道你是活着的。让我们来看看。昨晚发生什么事了吗?你是不是在键盘上耍了一些花样?也许只是一两小节巴赫?还是勃拉姆斯、舒曼或肖邦?不,你知道是谁告诉她的。是特里。

当然，该死的的确是特里，当他开始那些愚蠢的胡言乱语时，当他跳起来，就音乐欣赏和美国目前可悲的文化状况发表了演讲，声称你不属于哈里特酒吧，那是错误的地方，错误的钢琴，错误的观众。他尖叫着说，这应该是一个音乐厅，有闪闪发光的大钢琴，白色颈部有闪闪发光的钻石，七百五十个管弦乐队座位上坐着盛装的裙衩。就是这个对她产生了影响。

但等等，他们是怎么勾搭上的呢？她是怎么来到卡内基音乐厅的？她的音乐节奏不是古典风格的，她说话的方式说明她是酒吧音乐学校毕业的。或者不是这样，你真的不知道她从哪个学校毕业。一个人说话的方式与学校教育几乎没有关系。你应该知道这一点。只是听听你说话的方式就知道了。

我的意思是，艾迪说话的方式。艾迪脱口而出"不是"之类的话，然后说"他们那里"和"在这里"等等。你知道爱德华从来没有那样说话。爱德华受过教育，是一位艺术家，说话有教养。我想这完全取决于你置身何处，你在做什么，以及和你混在一起的人。哈里特酒吧离卡内基音乐厅很远。是的，毫无疑问，艾迪和爱德华没有任何关系。你很久以前就剪断了所有的联系。那是一次彻底的离开。

那你为什么要穿越回过去？为什么要再次想起它？好吧，看看就知道了。看一眼也无妨。不会痛吗？你在开玩笑吗？你已经感觉到痛了，就好像它再次发生一样。按它曾经的方式。

它在南泽西州的丛林深处,在俯瞰西瓜地的木屋里。他在幼年期大多时候比较温顺。作为三个兄弟中最小的一个,他或多或少是一个小而困惑的旁观者,无法理解克利夫顿的无赖或特里的吵闹。他们总是在忙来忙去,当他们不在房子里干危险活动时,他们就在外面的乡村漫步。他们特别爱吃鸡肉,他们是偷鸡的专家。或者有时他们会尝试偷猪崽。他们很少被抓到。他们会摆脱困境或奋力摆脱困境,有时,在他们十几岁的时候,他们会开枪摆脱困境。

母亲称他们为坏男孩,然后耸耸肩,听之任之。母亲是一个习惯性耸肩的人,在她二十出头的时候就耗尽了自身,听命于农舍的苦差,任由杂草、甲虫和真菌生长,这些都使甜瓜的产量逐年减少。父亲从不操心任何事情。父亲是个怠惰、懒散、爱笑的酒鬼,他有非凡的酒量。

父亲还拥有其他天赋。他会弹钢琴,声称自己是个神童。当然,没人相信他。但有时,他会坐在客厅里那个破旧的、没有地毯的古老立柱旁,用琴键干一些令人震惊的事情。

通常当他有心情的时候,他会给五岁的爱德华上音乐课。除此以外其他事情似乎都与爱德华无关,他是一个安静的人,远离他邪恶的兄弟们,就好像他的生命就取决于这种远离。事实上,情况远非如此。他们从来没有欺负过他,但偶尔会取笑他,或只让他一个人待着。他们甚至不知道他在附近。父亲有点为爱德华感到难过。他在房子里走来走去，就像是在树林里迷路的生物，错误地闯了进来。

音乐课从每周一次增加到每周两次，最后增加到每天。父亲意识到这里有件事情正在发生，某件很不寻常的事情。爱德华九岁时，他在六英里外的学校为一群聚会的老师表演。他十四岁的时候，有些人从费城来听他演奏。他们把他带回费城，在柯蒂斯音乐学院获得奖学金。

十九岁时，他在一个小礼堂里举办了第一场音乐会。听众不多，大多数人都是免费入场的。其中一个来自纽约，他是一位音乐会艺术家的经纪人，名叫尤金·亚历山大。

亚历山大的办公室在五十七街，离卡内基音乐厅不远。那是一间很小的办公室，客户名单也很小。但办公室的家具非常昂贵，客户都是大人物或正在成为大人物。爱德华与亚历山大签约时，他明白了自己只是一个大水池里的一滴水，"坦白地说，"亚历山大说，"我必须告诉你在这个领域前行的障碍。在这个领域，竞争非常激烈。但如果你愿意——"

他十分乐意。他精神奋发，渴望开始。就在第二天，他开始在盖伦斯基的指导下学习，亚历山大为课程买单。盖伦斯基是一个笑容甜美的小个子，光头，脸上布满了皱纹，看起来像个小妖精。而且，爱德华很快就知道，甜美的笑容更像是妖精的笑容，掩盖了一种恶魔般的倾向,即忽视手指是肉和骨长成,可能会疲劳的事实,"你应当永远不知疲倦。"小个子男人会甜甜地笑着说,"手开始出汗,说明练得好。流动的汗水意味着接连的成功。"

他出了很多汗。很多个夜晚,他的手指僵硬得像戴了夹板。夜晚,当他的眼睛因键盘上七个小时、八个小时和九个小时的紧张劳作而感到剧痛,乐谱上的音符终于模糊成了一片灰色的薄雾。还有那些自我怀疑、沮丧的夜晚。这一切值吗?他会问自己。这是工作,工作,还有更多的工作。还有那么多工作要做。要学的东西太多了。天啊,这太难了,真的很难。一直被禁锢在这个房间里,即使你想出去,你也不能。你太累了。但你应该走出去。至少是为了呼吸一些新鲜空气。或者在中央公园散步;待在中央公园里太爽了。是的,但是中央公园里没有钢琴。钢琴在这里,在这个房间里。

那是阿姆斯特丹和哥伦布大道之间第七十六街的一间地下室公寓。租金是每月五十美元,租金由亚历山大支付。食物、衣服和所有杂费的钱也由亚历山大出。还有钢琴、收音电唱两用机,以及几张协奏曲和奏鸣曲专辑。一切由亚历山大出钱。

他会把它收回去吗?爱德华问自己。我有他认为我拥有的东西吗?好吧,我们很快就会知分晓。不过并不太快。盖伦斯基当然是从容不迫的。他甚至没有提到你在纽约的首次亮相。你和盖伦斯基在一起快两年了,他对演唱会只字未提。甚至是小型独奏会。这意味着什么?好吧,你可以问他。如果你不怕问他的话。但我觉得你很害怕。归根结底,我想你担心他会答应,然后就会进行测试,这是纽约地道的测试。

因为纽约不是费城。纽约的这些批评家要无情得多。看看他们上周对哈本斯坦做了什么。盖伦斯基指导哈本斯坦五年了。另外,哈本斯坦由亚历山大管理。这能证明什么吗?

它能。它非常可能。它可以证明,尽管有一位出色的老师和一位敬业、高效的管理者,但表演者就是没有能力,就是无法成功。可怜的哈本斯坦。我想知道哈本斯坦第二天读报刊上的评论文章时做了什么。可能是哭了。当然,他哭了。可怜的人。这个机会你等了这么久,你的期待如此之高,然后你知道全完了,他们把你撕碎了,屠杀了你。但我现在却在想,你越来越提心吊胆。这太荒谬了,爱德华。当然没有理由提心吊胆。你的名字叫爱德华·韦伯斯特·林恩,你是一名音乐会钢琴家,也是一名艺术家。

三周后,盖伦斯基告诉他,他很快将在纽约首次亮相。在接下来的一周中,在亚历山大的办公室里,他签署了一份举办独奏会的合同。这将是一场一个小时的独奏会,在第五大道上段一家小型艺术博物馆的小礼堂举行。他回到地下室的小公寓,兴奋得眩晕,看到信封,打开它,站在那里盯着油印的通知。它寄自华盛顿,命令他向当地的征兵局报告。

他们把他定为Ⅰ-A级[1]。他们很匆忙,为独奏会做准备是徒劳的。他去了南泽西州,和父母一起度过了一天,父母告诉他克利夫顿在太平洋受伤,特里和海军工兵营在阿留申群岛的某个地方。他的母亲给他准备了一顿丰盛的晚餐,父亲强迫他喝一杯"祝他好运"。他回到纽约,然后去了密苏里州的一个训练营,从那里他被送到缅甸。

他和麦瑞尔突击队在一起。他中了三枪。第一次是腿部被飞溅的弹片击中。然后是一颗子弹击中了肩膀。最后一次肋骨和腹部多处被刺刀刺伤。在医院里,他们怀疑他能否活下来。但他非常渴望活着。他正在考虑回到纽约,回到钢琴前,回到那个他打上白领带,在卡内基音乐厅面对观众的那个晚上。他回到纽约时,他获悉亚历山大死于肾病,智利的一所大学授予盖伦斯基一个重要的教授职位。他们真的都走了吗?当他独自行走时,他问曼哈顿的天空和街道,知道这是真的,他们真的走了,他感到很痛苦。这意味着他必须一切从头开始。

好吧,让我们开始吧。首先,我们找一个音乐会经纪人。

他找不到经纪人。或者,更确切地说,经纪人不需要他。有些人很有礼貌,有些人很友善,说他们希望能做点什么,但钢琴家太多了,

---

[1] 意味着有义务提供无限制军事服务。

场地太拥挤了。

有些很直率，有些是彻头彻尾的残忍。他们甚至懒得把他的名字写在卡片上。他们使他敏锐地意识到，他是一个默默无闻的人。

他继续努力。他告诉自己不能继续这样下去，迟早他会得到一个机会，至少有一个人有足够的兴趣说："好吧，试试肖邦。让我们听你演奏肖邦。"

但他们都不感兴趣，一点也不感兴趣。他不是一个很好的推销员。他无法谈论自己，无法让人理解尤金·亚历山大促成了第一场独奏会，并将他签入了一份名单，其中包括一些最优秀的人，盖伦斯基说过："不，他们不会鼓掌。他们会目瞪口呆地坐在那里。以你现在的演奏方式，你是钢琴大师。你认为有很多吗？根据我最新统计，这个世界上只有九个。正好九个。"

他不能引用盖伦斯基的话。有很多次，他试图描述自己的能力，描述他对自己天赋的充分意识，但这些话都说不出口。天赋都在手指上，他只能说："如果你让我为你演奏——"

他们对他不屑一顾。

在那一年多时间里，他从事各种工作，这种情况一直持续着。他做过货运员、卡车司机和建筑工人，其他一些工作只持续了几周或几个月。这并不是因为他懒惰、行动拖沓或肌肉缺乏力量。他们解雇他时，他们说主要是因为他"健忘"或"心不在焉",或者他们中的一些人,更敏锐的人,会评论说:"你只有一半在这里;你的心思在别的地方。"

但两串紫心勋章给了他应有的回报,伤残抚恤金足以给他一个更大的房间,然后是一套公寓,最后是一套大到可以贴上工作室标签的公寓。他用分期付款的方式买了一架钢琴,并挂了一块牌子,上面写着"钢琴老师"。

五十美分一节课。他们负担不起更多。他们大多是波多黎各人,住在西九十街周围的廉价公寓里。其中一个女孩名叫特蕾莎·费尔南德斯,她在时代广场附近一家小型水果饮料企业的柜台后面上夜班。她十九岁,是个战争遗孀。他的名字叫路易斯,在珊瑚海的一次行动中,他在一艘重型巡洋舰上被炸成了碎片。当时没有孩子,现在她一个人住在第九十三街四楼的前面。她是一个安静的女孩,一个勤奋而坚持不懈的音乐系学生,她没有任何音乐天赋。

上了几节课后,他了解了真相,告诉她不要再浪费钱了。她说她不在乎钱,如果林恩老师不介意的话,如果能上更多的课,她会非常感激。也许再上几节课,我就会开始学到一些东西。我知道我很愚蠢,但是——

"别这么说。"他告诉她,"你一点也不傻。只是——"

"我喜欢上课,林恩老师。这是我在下午打发时间的好方法。"

"你真的喜欢钢琴吗？"

"是的，是的。非常喜欢。"她眼中闪烁着某种热情，他知道这是什么，他知道那与音乐无关。她把目光移开，使劲眨眼，试图掩饰，然后咬了咬嘴唇，好像在责备自己把它泄露出来了。她很尴尬，默默地道歉，肩膀微微下垂，细长的喉咙抽搐着，咽下了她不敢说出口的话。他告诉自己，她是一个非常愉快、非常甜美的人，而且，她很孤独。很明显，她非常孤独。

她的五官和身体都很脆弱，举止也很优美。她的长相更像是卡斯蒂利亚人，而不是加勒比海人。她的头发是柔和的琥珀色，眼睛是琥珀色，肤色是珍珠白，他们试图在昂贵的美容厅里买到这种肤色。很早以前，在他们从西班牙来这里之前，特蕾莎就在某个时刻得到了它。在她的唇线和唇色中，有一种根深蒂固的高贵的痕迹。是的，这多么真实，他料定，并想知道为什么他以前从未注意到它。在这之前，她只是一个想学钢琴的女孩。

三个月后他们结婚了。他带她去了南泽西岛与家人见面，并坦率地向她做了介绍，结果发现，在南泽西岛过得很愉快。特别愉快的是兄弟俩没有在那里，就没人制造太多噪音和发表猥亵言论。克利夫顿目前正从事某种工作，需要他频繁旅行。特里是费城海滨的码头工人。他们已经一年多没回家了。每隔几个月特里就会寄一张明信片，但克利夫顿什么也不寄。母亲对特蕾莎说:"至少他应该写信。你不认为他应该写信吗?"就好像特蕾莎多年来一直是这个家庭的一员。他们在餐桌旁,母亲烤了一只鹅。这是一顿非常特别的晚餐,父亲梳了头发,穿上干净的衬衫,又擦洗了指甲,这些细节让这顿晚餐格外特别。他一整天滴酒不沾。但晚饭后,他又开始喝了,不到几个小时,他就喝掉了将近一夸脱的酒。他向特蕾莎眨眼说:"嘿,你真是个漂亮女孩。过来给我一个吻。"她对公公笑着说:"祝您幸福。"然后走到他面前,给了他一个吻。他又从瓶子里倒了一杯,向爱德华眨眼说:"你拥有了一个甜美的小妞。现在你想做的就是守住她。纽约是个快节奏的城市……"

他们回到了第九十三街的地下室公寓。他继续上钢琴课,特蕾莎留在水果饮料摊上。几个星期过去了,他要求她辞职。他说他不喜欢她上夜班。他解释说,这是一个让他担心的地方,并表示尽管她从未遇到过时代广场夜猫子们惹麻烦的情况,但这是有可能的。

她争辩道:"但那一带总有警察。这些警察,他们会保护妇女……"

"即便如此。"他说,"我能想到比深夜的时代广场更安全的地方。"

"像哪种地方?"

"嗯,就像——"

"就像这里?和你在一起?"

他喃喃自语地说："每当你不在的时候,就像——嗯,就像我蒙住了双眼。"

"你想要一直见到我吗?你那么需要我吗?"

他用嘴唇碰了碰她的前额:"不止于此。还有很多——"

"我知道。"她低声说,紧紧地抱着他,"我知道你的意思。我也一样。一天比一天多——"

她辞去了时代广场的工作,在百老汇八十六街的一家咖啡店找到了一个朝九晚五的工作。这是一个不错的小地方,气氛总体上很愉快,有时他会去那里吃午饭。他们会玩一个游戏,顾客和女招待,假装他们不认识对方,而他会尝试和她约会。然后有一天,她在那里工作了几个月后,他们正在玩顾客服务员游戏,他不知怎么意识到了某种干扰,一种侵扰。

是附近桌子上的一个人。那个男人正在观察他们,对他们微笑。对她?他感到奇怪,目光平和地望着那个人。但后来一切都好了,他自言自语道:"是我,他在对我微笑。好像他认识我一样。"

然后那个人起身,走过来自我介绍。他名叫伍德林,是一位音乐会经理,当然他还记得爱德华·韦伯斯特·林恩,"是的,当然。"伍德林说,爱德华说出了自己的名字,"大约一年前你来过我的办公室。当时我非常忙,不能留太多时间给你。如果我太唐突的话,我很抱歉——"

"哦,没关系。我理解这一切。"

"事情本不应该那样。"伍德林说,"但这是一个如此疯狂的小镇,竞争如此激烈。"

特蕾莎说:"先生们想吃午饭吗?"

她的丈夫对她微笑,拉着她的手。他把她介绍给伍德林,然后解释了顾客和女招待的游戏。伍德林笑着说这是一场精彩的游戏,总有两个胜利者。

特蕾莎问道:"你是说我们俩都能获奖吗?"

"尤其是顾客。"伍德林指着爱德华说,"他是个非常幸运的人。亲爱的,你真是个奖品。"

"谢谢你。"特蕾莎低声说,"你这么说真是太好了。"

伍德林坚持要付午饭的钱。他邀请钢琴家到他的办公室去拜访他。他们约好参加那周晚些时候的下午会议。当伍德林走出咖啡店时,钢琴家坐在那里,嘴巴微微张开,"怎么了?"特蕾莎问道。他说:"简直不敢相信。简直不敢——"

"他给了你一份工作?"

"不是工作,是一个机会。我从没想过还会有,我本已放弃了希望。"

"这是件重要的事情?"

他缓缓点点头。

三天后，他走进五十七街的一套办公室。家具十分淡雅，房间很大。伍德林的私人办公室很大，有几幅油画。有一幅马蒂斯和一幅毕加索的作品，还有一些是乌特里洛的作品。

他们进行了长谈。然后他们走进试音室，爱德华坐在一个桃花心木做成的鲍德温雕像面前。他演奏了几首肖邦，几首舒曼，还有斯特拉文斯基的一首难度极高的曲子。他弹了整整四十二分钟钢琴。伍德林说："对不起，请稍等。"然后走出房间，拿着合同回来了。

这是一份标准合同，没有提供任何担保。它只是规定，在不少于三年的时间里，钢琴家将由亚瑟·伍德林管理和代理。但这本身就像是开始攀登一个镶嵌着宝石的梯子。在古典音乐领域，伍德林这个名字引起了从海岸到海岸、从半球到半球的关注。他是最大的人物之一。

伍德林四十七岁，中等身材，身体瘦削，看起来似乎把自己照顾得很好。他面色健康。他的眼睛很清澈，说明他没有过度劳累或加班到很晚。他有一头浓密卷曲的黑头发，点缀着白发，连鬓角都是白色的。他的五官线条清晰美观，除了下巴的左侧，它稍稍有点歪，是十五年前一段浪漫插曲留下的纪念，当时一位花腔女高音在南美巡回演唱会上结束了他们的关系，她用一个沉重的青铜书档打断了他的下巴。

在与爱德华·韦伯斯特·林恩执行签约仪式的当天下午，这位演唱会经理穿着一件在西班牙购买的硬浆白领衬衫，戴着灰色领带。他的西装购自西班牙,其袖扣是西班牙式的,银制的长方形徽章上刻着征服者的头盔。这个西班牙主题,特别是袖扣,是专门为这次活动选定的。

七个月后,爱德华·韦伯斯特·林恩首次在纽约亮相。那是在卡内基音乐厅。他们大声要求再来一次。接下来是芝加哥,然后又是纽约。在他第一次从大西洋岸到太平洋的旅行之后,他们希望他去欧洲。

在欧洲,人们为他欢呼雀跃,大喊"太棒了",直喊到声音沙哑。在罗马,妇女们把花扔到舞台上。当他回到卡内基音乐厅时,座位已经提前三个月售罄。在他二十五岁那年,他在卡内基音乐厅演出了四场。

同年十一月,他在费城的音乐学院演奏。他演奏了格里格协奏曲,观众多少有些歇斯底里,有些人在哭泣,某位评论家变得语无伦次,最终默然无语。当天晚上,伍德林在他位于卡萨镇的套房里举办了一个派对。派对在四楼举办。午夜过后几分钟,伍德林走到钢琴家面前说:"特蕾莎在哪里?"

"她说她累了。"

"又累了吗?"

"是的。"他平静地说,"又累了。"

伍德林耸耸肩:"也许她不喜欢这些聚会。"

钢琴家点了一支烟。他笨拙地拿着它。一个服务员端着托盘和几杯香槟走了过来。钢琴家伸手去拿一个杯子,改变主意,紧紧地抽着烟。他从牙缝里喷出烟,低头看着地板说:"亚瑟,不是因为派对。她一直很累。她很累。"

又是一阵寂静。然后伍德林说:"怎么了?发生了什么事?"

钢琴家没有回答。

"也许是因为旅途劳顿、住酒店的原因——"

"不。"他说得有点刺耳,"是因为我。"

"吵架了?"

"我希望是吵架,但比那更糟糕。"

"介意谈谈吗?"伍德林问道。

"那无济于事。"

伍德林挽着他的胳膊,领他走出房间,远离白色领带和晚礼服的队列。他们走进一个小房间。就他们两个在那里,伍德林说:"我希望你告诉我这一切。"

"这是个人的事——"

"你需要建议,爱德华。除非你告诉我,否则我不能给你建议。"

钢琴家低头看了看冒烟的烟头。他感觉到手指附近的火。他走向一张桌子,在烟灰缸里把烟蒂捣碎,转身面对音乐会经理:"她不想要我。"

"现在，真的——"

"你不相信吗？我也不相信。我简直不敢相信。"

"爱德华，这不可能。"

"是的，我知道。这就是我几个月来一直对自己说的。"然后他紧紧地闭上眼睛，咬牙切齿地说，"几个月了？已经一年多了——"

"坐下。"

他跌进椅子里，盯着地板说："它发生得很慢。一开始几乎看不出来，好像她努力把它隐藏起来。就像——就像在与某事搏击一样。然后它逐渐显现出来。我的意思是，我们正聊着天，她会转身走出房间。事情严重到了我努力打开门，门却锁上了的地步。我打电话给她，她不接。现在的情况——好吧，一切都结束了，仅此而已。"

"她告诉你了吗？"

"没有直接说。"

"那有可能——"

"她病了？不，她没有病。也就是说，这不是他们能治疗的那种疾病。如果你知道我的意思的话。"

"我知道你的意思，但我还是不敢相信——"

"她不想要我，亚瑟。她只是不想要我。仅此而已。"

伍德林朝门口走去。

"你要去哪里？"钢琴家问道。

"我给你拿杯饮料。"

"我不想喝饮料。"

"你得喝一杯。"伍德林说，"你得喝双份的。"

音乐会经理走出房间。钢琴家弯下腰坐着，双手托着脸。就这样待了一会儿。然后他突然挺直了身子，站了起来。他呼吸困难。

他走出房间，顺着大厅向楼梯走去。他们的套房在七楼。他进入客厅，迅速上了三层楼，速度快得让他喘不过气来。

他叫她的名字。没有回应。他穿过客厅来到卧室门口，试了一下，门是开着的。她穿着长袍坐在床边，腿上放着一本杂志。它是打开的，但她没有看。她正看着墙。

"特蕾莎——"

她继续看着墙。

他走向她，并说："穿好衣服。"

"做什么？"

"派对。"他说，"我希望你去那参加聚会。"

她摇了摇头。

"特蕾莎，听着……"

"请走吧。"她还在看着墙，并举起一只手，朝门口做了个手势，

"出去——"

"不。"他说,"这次不行。"

然后她看着他,"什么?"她的目光呆滞,"你说什么?"

"我说这次不行。这次我们好好谈谈。我们弄清楚到底是怎么回事。"

"什么事也没有……"

"别这样。"他插话,又走近了她,"我受够了。你至少可以告诉我……"

"你为什么大喊大叫?你从来没有对我大喊大叫过。你现在为什么大声喊叫?"

"对不起。"他沉重地呢喃道,"我不是故意的——"

"很好。"她对他微笑,"你有权大喊大叫。你有很多权利。"

"别这么说。"他低着头转过身去。

他听到她说:"我让你不开心了,不是吗?我这样真不好。我尽量不去做某些事情,但天黑的时候,你无法阻止黑暗——"

"你说什么?"他冷冷地转过身来,盯着她,"你这话是什么意思?"

"我是说——我是说……"但随后她又摇了摇头,又望着墙,"一直都是黑暗的,越来越黑暗。不明白该去哪里,该做什么。"

她想试着告诉我一些事情,他想。她焦灼得厉害,但她不能告诉我。她为什么不能告诉我?她说:"我想我得做一件事。只有一件事。"

他感觉到房子里的冷意。

"我要说再见了。我走开了——"

"特蕾莎,求你了——"

她站起来,向墙走去。然后她转身面对他。她很平静。那是一种可怕的平静。她以一种空洞的、没有音调的半耳语的声音说:"好吧,我告诉你……"

"等等。"他现在害怕了。

"你是时候知道了。"她说,"是时候给出解释了。进行忏悔。"

"忏悔?"

"我做了坏事——"

他一愣。

"非常糟糕。这是一个可怕的错误。"然后,她的眼睛里闪现了某种光芒,"但现在你是著名的钢琴家了,为此我很高兴。"

这是不可能的,他告诉自己。这不可能发生。

"是的,为此我很高兴。"她说,"让你得到想要的机会。只有一个办法让你得到那个机会,让你进入卡内基音乐厅。"

传来一阵嘶嘶声。那是他自己的呼吸。

"伍德林。"她说。

他紧紧地闭上了眼睛。

"就在他和你签合同的同一周。"她继续说道,"几天后,他来咖啡店,但不是为了喝咖啡,也不是为了吃午饭。"

又传来一阵嘶嘶声。声音更大了。

"为了商务提案。"她说。

"我必须离开这里。"他告诉自己。我听不下去。

"一开始,当他告诉我的时候,就像一个谜,我猜不出来。我问他在说什么,他看着我,好像在说,你不知道吗?你想一想就会知道。所以我想了一想。那天晚上我彻夜难眠。第二天他又来了。你知道蜘蛛是怎么工作的吗?一只蜘蛛,它又慢又小心——"

他无法直视她。

"——就像将我与自己拉开。就像精神是一回事,身体却是另一回事。和他一起去的不是特蕾莎吗?只是特蕾莎的身体。好像我并不在那里,真的。我和你在一起,我带你去卡内基音乐厅。"

现在,它只是一张播放的唱片,叙述者的声音提供了补充的细节:"——下午。我下班时间,他在咖啡店附近租了一个房间。几个星期的每天下午都在那个房间。后来有一天晚上你告诉我这个消息,你已经签署了在卡内基音乐厅演奏的文件。他下一次来咖啡店时,他只是另一个顾客。我把菜单递给他,他点了菜。我想,这一切都结束了,我又是我自己。是的,现在我可以做我自己了。"

"但你知道,这是一件奇怪的事情——你昨天所做的一切总是你现在的一部分。对别人你努力隐瞒。而对你自己,一点也没办法去隐瞒,它是一面镜子,永远在那里。所以我看了看,我看到了什么?我看见特蕾莎了吗?你的特蕾莎?

"镜子里没有特蕾莎。现在任何地方都没有特蕾莎。她只是一块用过的抹布,一件脏东西。这就是为什么我不让你碰我。甚至不让你靠近我。我不能让你靠近这件脏东西。"

他努力看着她。他对自己说,好,看着她。然后走近她。鞠躬或下跪。他要求这样做,当然是这样。但是……

他的目光对准了门,越过了门,他的脑子里充满了火。他咬紧牙关,双手变成了石锤头。他身上的每一根纤维都缠绕在一起,做好猛冲出门的准备,好带他离开这里,沿着蜿蜒的楼梯来到四楼套房。

然后,就在一瞬间,他摸索着寻找一段用于控制和辨别的纤维。他对自己说,现在想想,试着想想。如果你走出那扇门,她会看到你走开,她会一个人在这里。你一定不能把她一个人留在这里。

这个念头没有留住他。没有什么能留住他。他慢慢地向门口走去。

"爱德华……"

但他没有听到。当他打开门走出卧室时,他只能听到自己嘴里发出的一声低沉的咆哮。

然后，他穿过客厅，伸出手臂，手指抓着通往外厅的门。就在他的手指碰到门把手的那一刻，他听到了卧室传来的噪音。

那是一种机械噪音。那是窗户两侧的链轮发出的嘎嘎声。

他转身跑过客厅，跑进卧室。她正往外爬。他跳了起来，抓了一下，但什么也没有抓到。只有冰冷的空气从敞开的窗户进来。

九

在前街，当爱德华站在廉价品店红黄交错的门口附近的人行道上时，周六的购物者从他身边掠过。其中一些人用肩膀撞了他一下，另一些人把他推到一边。他没有知觉。他觉得自己不在那里，他好像离那里非常遥远。

七年前，爱德华参加了葬礼，然后在纽约市四处游荡。那个时期，他对方向、对交通信号或天气变化没有什么反应。他从不知道或关心现在是一天中的什么时候，一周中的什么日子。因为所有事物的总和都归于圆，而这个圆被贴上零的标记。

他把所有积蓄都从银行提取出来，总额约为九千美元。他设法弄丢了这笔钱。他想弄丢它。他弄丢的那天晚上，当钱被拿走时，他让自己挨了一顿打。他也想要这样。事情发生时，他倒下了，鲜血从鼻子和嘴巴溢出，头骨上有一道伤口，他很高兴。他真的很享受这个过程。

事情发生在深夜，在地狱厨房。有三个人从爱德华身上跳了过去。其中一个拿着一段铅管，另外两个拿着铁莲花。一个人先用铅管击中了爱德华头的侧面，爱德华侧身走着，然后慢慢地坐在路边。接着其他人用铁莲花打他。然后爱德华动手了。三个人不确定那是什么，但他似乎像螺旋桨叶片搅动空气一样向他们袭来。那个拿着铅管的人迅速离开了。另一个倒下去，嘴里飞出了四颗牙齿，还有一个在抽泣："饶了我吧，啊，求你了，饶了我。"爱德华咧嘴笑着小声说："反击吧，反击吧，不要破坏乐趣。"这个暴徒当时知道他别无选择，于是尽其所能地利用了他的铁莲花和他的体重。暴徒有相当的重量，此外，他也精于肮脏的战术，他用膝盖，用大拇指，甚至试着用牙齿，但他就是不够敏捷。暴徒最终落得个双眼肿胀，鼻子骨折，脑震荡，当他平躺在人行道上，不省人事时，这个狂野的男人——爱德华轻声说道："谢谢你的派对。"

几天后的晚上，又举行了一次聚会。它在中央公园进行，两名警察发现野人爱德华睡在灌木丛下。他们把他叫醒，他叫他们走开，别管他。他们把他拉起来，问他是否有家。他没有回答。他们开始向他提问。他又叫他们别管他。其中一人对他咆哮并推搡他。另一个警察抓住了他的胳膊。他说:"放手,请放手。"然后他们都支起他,拉着他走。他们都是大个子,他只得抬头看着他们说:"你们为什么不让我一个人待着?"他们叫他闭嘴。他试图挣脱,其中一人用警棍打了他的腿,"你打了我。"他说。警察冲他喊道:"我当然打你了。如果我愿意,我还会打你的。"他慢慢地摇头说:"不,你不会了。"几分钟后,那里就只剩这两名警察了。其中一个人靠在树上,呼吸困难,另一个坐在草地上呻吟。

后来,一周不到,在鲍里街,一个著名的暴力抢劫专家用肿胀流血的嘴唇说道:"就像把我的脸粘在混凝土搅拌机里一样。"

人群中有人说:"你还要和他打架吗?"

"当然,我会再和他打架。我只需要一个东西。"

"什么东西?"

"一支自动步枪。"长得极丑的男人一边说一边坐在路边吐血,"给我买一支步枪,叫他离远一点。"

他总是不停地迁移,从鲍里大街到下东区,穿过约克维尔到西班牙哈莱姆区,再到布鲁克林,再到绿点区和布朗斯维尔的斗殴场所,再到任何一个找麻烦的人肯定会找到的地方。

现在,回首往事,他看到了七年前的那个狂野的男人,心想,这意味着什么，你疯了，我的意思是真的疯了。用你无法触摸键盘，也无法接近键盘的手指，一双爪子，渴望找到那个亲爱的朋友兼顾问的喉咙，那个带你走进卡内基音乐厅的善良慷慨的人。

但是，当然，你知道你一定不能找到他。你必须离他远一点，因为即使瞥他一眼也意味着要杀人。但野性始终存在那里，它需要一个出口。所以，让我们给那些流氓、所有的街头恶棍、打手和流氓投个感谢票，他们非常乐意接纳你，为你提供一个目标。

钱呢？你理所当然需要钱。你必须把食物放进肚子里。现在让我们看看，我记得有一些工作，比如洗碗、抛光汽车和分发传单。你不时会失业，所以唯一要做的就是伸出你的手，等待硬币掉下来。只要几个小钱就可以买一碗汤和阁楼里的一张床垫。或者有时用一卷纱布包扎流血的伤口。有些夜晚你会流很多血，尤其是那些你输掉比赛的夜晚。

是的，我的好朋友，你在那些日子里状态很好。我认为，你是某个高级俱乐部会员的候选人。但事情不能再这样下去了，它不得不在某处收手。是什么阻止了它？

当然，就是你的那次旅行。你漫步穿过大桥进入泽西岛，这是一次约一百四十英里的愉快的小漫步。如果我没记错的话，你花了将近一个星期的时间才到达那里，到达藏在南泽西岛树林里的那所房子。

快到感恩节了。你回家是为了和家人一起度假。他们都在那里。克利夫顿和特里也在家度假。至少,他们说这就是他们回家的原因。但几杯酒下肚,他们终于说出了真正的原因。他们说出现了一些复杂情况,当局正在寻找他们,而这个森林深处的地方远离所有的路标。

事实上,特里辞去了在费城海滨的工作,并与克利夫顿合作达成了一项涉及被盗汽车的交易,驾驶汽车穿越州界。他们被发现并被追捕,但让他们担心的并不是这个。你记得克利夫顿说过:"是的,处境不够妙,好吧,但我们会摆脱它的。我们总是会摆脱它。"然后他笑了,特里也笑了,他们继续喝酒,开始讲下流笑话。

那真是个很棒的假期。我的意思是,它结束的方式真的很了不起。我记得克利夫顿提起过你的处境,你作为鳏夫的身份。你让他不要谈及这件事。他继续谈论。他向特里眨眼,并对你说:"和一个波多黎各人在一起是什么感觉?"你对克利夫顿微笑,对特里眨眼,对你的父母说:"这里太拥挤了,你们最好去隔壁房间——"然后只剩下你和克利夫顿,桌子被撞倒了,几把椅子也坏了。躺在地板上的是克利夫顿,他吐着血说:"这里发生了什么?"然后他摇了摇头,他只是不敢相信。他对特里说:"那真的是他吗?"

特里无法回答。他只是站在那里说明。

克利夫顿站起身,接着坐下来,又站起身。他很好,他真的可以接受。你继续把他撞倒,他站了起来,最后他说:"我已经厌倦了这样子。"他看着特里,喃喃地说:"把他从我身边赶走——"

你记得特里走进来伸出手,接着就跌坐在克利夫顿旁边的地板上。克利夫顿笑着说:"你也在这里?"特里郑重地点了点头,然后站了起来。他说:"告诉你我会怎么做。我给你50比1的悬殊比数打赌,你不能再这样做了。"

然后他走进来,迈着轻松的步子迂回前行。你投了一个没投中,然后他投了一个,他的钱安全了。你在外面待了大约二十分钟。后来大家又聚在桌子旁,克利夫顿咧嘴笑着说:"我早料到了,你已经被安排参加这场游戏了。"

你不太明白。你说:"游戏?什么游戏?"

"我们的比赛。"他指着自己和特里说,"我会让你上场的。"

"不。"特里说,"他不适合敲诈。"

"他就是为敲诈准备的。"克利夫顿平静而若有所思地说,"他像蛇一样快,他像铁一样硬——"

"这不是重点。"特里插话道,"重点是——"

"他已经做好了准备,这就是重点。他已经准备好行动。"

"他?"特里的声音变得很严厉,"那就让他说吧,让他说他想要什么。"

然后餐桌边很安静。他们看着你，等待着。你回头看他们，你的兄弟们——抢劫艺术家，持枪歹徒，全力制造麻烦的食客。

你想，这就是答案吗？这就是他们安排你参加的事情吗？嗯，也许是这样。也许克利夫顿已经给你贴上了标签，你的手再也不能制作音乐了，用简单的方式赚钱，用一把枪。你知道他们用枪。你准备好了吗？你的努力足以胜任那个吗？

嗯，你在缅甸已经够努力了。在缅甸，你用枪做了很多事。

但这不是缅甸，这是一个选择。介于什么之间？脏的和干净的？坏的和好的？

换句话说，干净的回报是什么？善良的回报呢？我指的是那些诚实的人。他们在收银台买到了什么？

好吧，朋友们，根据经验，我想说这可以带来任何结果，从打碎牙往肚子里咽，到长刃剪刀在深处切入，切断你胸腔里的泵。这太过分了，就这样。所有的感觉都消失了，毒液也进来了。所以你对世界说，好吧，你想耍花招，我们就会耍花招。

但不，你不想那样。你加入这个克利夫顿-特里联合体，这绝对是邪恶的，你已经受够了。

"嗯？"克利夫顿问道，"它会是什么？"

你在摇头。你只是不知道。你只是碰巧去探望他们。你看到了另外两张脸,更老的两张脸。你妈妈耸耸肩,你父亲脸上带着轻松的微笑。

就是这样,这就是答案。

"是吗?"克利夫顿问。

你耸耸肩。你笑了。

"来吧,"克利夫顿说,"让我们拥有它。"

"他在向你说明,"特里说,"看看他的脸。"

克利夫顿看着。他看了很久。他说:"这就像他跳过了这个画面,好像他根本不在乎。"

"这几乎说明了一切。"特里咧嘴笑着说。

差不多。此时此地,所有的联系都断开了,所有的问题都被抹去了。现在没有毒液,没有疯狂,你眼中没有野人的痕迹。那个狂野的男人消失了,被两个不知道自己还在投球的老家伙、一个眼神呆滞、耸着肩的母亲和一个轻松微笑、酗酒的父亲消灭了。

你一声不响地对他们说:"非常感谢,伙计们。"

后来,你离开的时候,当你走在西瓜地边的小路上时,你一直在想,非常感谢,真的非常感谢。

这条路很颠簸,但你没有感觉到颠簸。在树林里,狭窄曲折的道路上布满了深深的车辙,但你有点像是飘过了山脊和发出突突声的洞穴。你还记得树林是湿冷的,刮起阵阵大风,但你所感觉到的不过是一阵微风。

你穿过树林,走上了另一条路,然后下一条路,最后走上一条宽阔的混凝土高速公路,沿着它来到了小镇和公共汽车站。在车站,有一个大声说话的酒鬼。他想做点什么,他想和你一起尝试点什么,没有用,他一无所获。你耸耸肩,对他笑了笑。你对待他的方式很轻松。嗯,当然,是很轻松,你只是拿他寻开心而已,一点也没有诚意。

你坐上第一辆公共汽车出去。它正驶向费城。我想是几天后的晚上,你来到了中部城市的一家轧棉厂,那里是一家干一次活有十五美分的工厂。它有一个厨房,你得到一份洗碗、擦地板的工作。有一架钢琴的旧残骸,你看看它,然后移开视线,再看着它。一天晚上,你对酒保说:"我演奏一下好吗?"

"你?"

"我想我会弹。"

"好吧,试试吧,但最好是音乐。"

你坐在钢琴前,看了看键盘。然后你看了看你的手。

"来吧,"酒保说,"你在等什么?"

你举起双手,然后把手放低,手指按下键盘。

它发出了声音,它是音乐。

十

一个声音传来:"你还在这里吗?"

他抬头看了看。女招待穿过人群向他走来。她从廉价品店里出来,手里拿着一个纸袋。他看到那是一个小袋子。他告诉自己她没怎么购物。

"你在那里待了多久?"他问道。

"只有几分钟。"

"一共吗?"

"有人需要我马上去服务。"她问道,"我只买了一些牙膏和一块肥皂,还有一把牙刷。"

他什么也没说。

她说:"我没叫你等我。"

"我没有等。"他说,"我无处可去,仅此而已。我只是闲逛。"

"看着人们?"

"不。"他说,"我没有看人。"

她把他拉开,躲开迎面而来的一辆婴儿车,"来吧。"她说,"我们站在这里会造成交通阻塞。"

他们跟着人群走。天空一片灰暗,而且越来越黑。下午两点刚过,天气很冷,天色很暗。人们抬头望着天空,走得更快,想在风暴来临之前回家。风暴的威胁就在空中。

她看着他。她说:"扣上大衣的扣子。"

"我不冷。"

"我快冻僵了。"她说,"我们要走多远?"

"去里士满港?有几英里路呢。"

"好极了。"

"我们可以打车,但我现在一分钱都没有了。"

"一样的。"她说,"我向女房东借了五十美分,全部花光了。"

"走路倒不太冷。"

"不是的,我的脚趾都要冻坏掉了。"

"我们走快点。"他说,"那会让你的脚暖和起来。"

他们加快了步伐。他们顶着迎面而来的风低着头走着。越来越艰难了,风的呼啸声越来越大。它把路面和街道上的雪掀了起来,出现了粉状小雪花。然后,更大的雪花飘落下来。硕大的雪漫天飞舞,而且越来越冷。

"野餐的好日子。"她说。就在这时,她在厚厚的雪地上滑倒了,正在向后摔倒的过程中,他抓住了她。然后他滑倒了,他们都摔倒了,但她设法站稳了,他们站了起来。一位店主站在他的干货店门口,对他们说:"小心脚下,很滑。"她瞪着那个男人说:"是的,我们知道很滑。如果你能把人行道打扫干净就不会滑了。"店主咧嘴笑着说:"所以如果我扫了你还是摔倒了,你会起诉我的。"

那人回到商店。他们站在湿滑的人行道上,仍然紧紧抓住对方不让其摔倒。他对自己说,这就是全部意义,只是抱着她,这样她就不会滑来滑去而摔倒。但我想现在一切都好了,我想你可以放手了。

你最好放手,该死的。因为它又在那里,它又在发生。你必须制止它,仅此而已。你不能让它像这样抓住你。这真的很吸引你,她知道。她当然知道。她看着你。好吧,你的胳膊怎么了?你为什么不能放开她?现在看,你必须制止它。

我认为制止它的方法是不当回事,或者假心假意。当然,这就是那个系统。无论如何,这是一个为你工作的系统。这是一个自动控制板,它让你摆脱那儿的困境,那儿什么都不重要,只有你和琴键,没有其他东西。因为事实就是如此。你必须避开任何严重的事情。

你想知道些什么吗?这个系统现在不工作了。我想是艾迪让位于爱德华·韦伯斯特·林恩了。不,不可能是那样的。我们不会让它像这个样子。天啊,她为什么要提到那个名字?她为什么要勾起我的回忆?你已把它埋葬了,那些旧时光你过得很好,过得很开心,什么都不在乎。现在这件事发生了。这击中了你,点燃了你内心的火花,在我们知道之前,就已经着火了。击中你的是一道闪光——它在太高处燃烧,我们无法扑灭。

我们不能这样吗?是的,我现在是艾迪。艾迪感觉不到火。艾迪什么都感觉不到。

他的手臂从她身上垂了下来。当他对她温柔而轻松地微笑时,他的眼睛里什么都没有。他说:"我们走吧。我们还有很长的路要走。"

她看着他,慢慢地深吸了一口气,说:"你是在和我说话吗?"

大约四十分钟后,他们走进了哈里特酒吧。这个地方挤满了人。星期六下午总是很忙,但天气不好的时候,人群增加了一倍。大雪纷飞、狂风吹拂,哈里特酒吧成了一座堡垒和一个天堂。它也是一个加油站。酒保来回奔波,竭尽全力满足抗凝剂的需求。

哈里特在吧台后面的收银台旁。她发现了女招待和钢琴师,对他们喊道:"你们去哪里了?你以为这是什么日子,假期?"

"当然是假日。"女招待说,"我们今晚九点才开始上班。这是时间表。"

"今天不是,不是。"哈里特告诉她,"不是和这样的暴徒在一起。你应该知道我需要你在这里。还有你。"她对艾迪说,"你应该知道这种天气的好处。他们从街上纷纷赶来这里,这个地方挤满了人,他们想听音乐。"

艾迪耸耸肩:"我起晚了。"

"是的,他起晚了。"莉娜说得缓慢而慎重,"我们去兜风了,然后一起散步了。"

哈里特皱着眉头:"一起去的?"

"是的。"她说,"一起。"

哈里特酒吧的主人看了看钢琴师:"那到底是怎么回事?"

他没有回答。女招待说:"你想让他做什么,做一个完整的报告?"

"如果他愿意的话。"哈里特说,仍然好奇地看着钢琴师,"我只是好奇,仅此而已。他通常独来独往。"

"是的,他是个孤独的人,好吧。"女招待低声说,"即使他和别人在一起,他也是孤独的。"

哈里特搔了搔她的颈背:"喂,这里发生了什么事?你怎么说瞎话？"

"答案在第三页。"女招待说，"只是没有第三页。"

"谢谢。"哈里特说，"这太有帮助了。"然后，她突然喊道："好吧，不要站在那里给我玩智力游戏。我今天不需要智力游戏。穿上围裙就可以开始工作了。"

"首先给我们报酬。"

"我们？"哈里特又皱着眉头。

"好吧，我，无论如何。"女招待说，"今天我要一周的工资，以及提前三周的加班工资。"

"急什么？"

"没有急。"莉娜指着收银机，"慢慢把它拿出来递给我。"

"稍后。"哈里特说，"我现在太忙了。"

"不必急着给我薪水。你顺便的时候，也可以付给他。你想让他做音乐，你就付给他。"

艾迪耸耸肩："我可以等……"

"你就待在这里拿你的钱。"莉娜插话道，然后，对哈里特说，"来吧，把绿色蔬菜盛出来。"

哈里特长时间一动不动。她站在那里仔细打量着女招待的脸。然后，她做了一个向后摆的手势，似乎是想把什么东西越过肩膀扔出去，摆脱掉,她把注意力转向了收银机。

现在一切都好了,艾迪想。那一刻气氛很紧张,但我想现在没事了。他大胆地侧视了一眼女招待面无表情的脸,"要是她不管它就好了。"他自言自语地说。从哈里特开始是没有意义的。从哈里特开始,这就像是从炸药开始。也许这就是她想要的。是的,我想她内部已盘绕起来了,她渴望某种爆炸。

哈里特从收银机里取出钱,边数着钞票,边把它们递到莉娜的手掌里。她付完了莉娜的钱,转向钢琴师,把钱放在他面前的吧台上。她把一些钱放在杰士音箱上面时,她喃喃自语:"我从顾客那里得到的悲伤还不够。现在又遇到劳工问题。突然间,他们组成了一个联盟。"

"这就是潮流。"女招待说。

"是吗?"哈里特说,"嗯,我不喜欢。"

"那就忍一忍。"莉娜说。

哈里特不再数钱了。她眨了几下眼睛。然后她慢慢地挺直了身子,她吸了一大口气,那巨大的胸脯伸了出来,"那是什么?"她说。

"你说什么?"

"你听到了。"

哈里特把手放在她巨大的臀部上:"也许我听错了。因为他们不会那样对我说话。他们更清楚。我会告诉你的,女孩。没有一只活着的猫可以对我出言不逊，然后逃脱惩罚。"

"是吗？"莉娜低声说。

"是的，就是这样。"哈里特说，"你很幸运。我会用简单的方式让你知道。下次就不那么容易了。你再对我啰唆，我会打倒你。"

"这是警告吗？"

"鲜红色的警告。"

"谢谢。"莉娜说，"现在这个是我给你的。我以前被打倒过。不知怎么的，我总是能努力站起来。"

"天啊。"哈里特大声地自言自语，"这到底是怎么回事？她好像在找打。她真的在找打。"

女招待站着，双臂叉开。她现在正在微笑。

哈里特脸上有种若有所思的表情。她轻声对女招待说："怎么了，莉娜？什么事困扰着你？"

女招待没有回答。

"好吧，算了。"哈里特说。

莉娜保持着淡淡的微笑："你真的不必这样。"

"我知道我不必这样，但那样更好。你不觉得那样更好吗？"

那淡淡的微笑没有什么特别的意思。女招待说："不管怎样，我都觉得很好，但不要帮我任何忙。我不需要你帮我任何该死的忙。"

哈里特皱着眉头，歪着头说："你肯定知道你在说什么吗？"

莉娜没有回答。

"知道我在想什么吗？"哈里特低声说，"我认为你把你的人弄糊涂了。"

莉娜不再微笑。她低下头，点了点头，然后摇了摇头，又点了点头。

"不是那样吗？"哈里特轻轻地捅了捅莉娜。

莉娜接着点头。她抬头看着哈里特。"是的，我想是的。"然后，语气沉闷地说，"对不起，哈里特。只是我对某件事感到厌烦——我本不想拿你出气的。"

"是什么？"哈里特问道。女招待没有回答。哈里特探询地看着艾迪。钢琴师耸耸肩，什么也没说，"来吧，让我们谈谈。"哈里特要求道，"她怎么了？"他又耸耸肩，保持沉默。哈里特叹了口气说："好吧，我认输。"然后又开始数钱。她把钱都放在吧台上。他把钱捡起来，叠成薄薄的一卷，放进大衣口袋里。他转身离开酒吧，走了几步，听到莉娜说："等等，我有东西给你。"他回来了，她递给他两个二十五美分，两个一角硬币和一个五美分硬币，"昨晚的钱。"她说完，没有看他一眼，"现在我们结清了。"

他低头看了看手中的硬币。他想，全部结清了，这就结束了。这就结束了。好吧，当然，这正是你想要的。没关系。

但就在这时,他看到她全身僵直,她正盯着什么东西。他朝那个方向看了一眼,看到沃利·普林正朝酒吧他们站着的地方走去。

那个大腹便便的保镖走近时咧嘴一笑。他那粗壮的肩膀向前耸着,像摔跤手一样摆动着。艾迪想,那是他逼出来的笑,接下来我们会得到一个真正友好的问候,甜得像糖浆。

然后,他感觉到普林的大手放在他的手臂上,听到普林粗鲁的声音说:"他来了,八十八[1]的王储。老弟,艾迪。"

"是的。"女招待说,"老弟,艾迪。"

普林似乎没有听到她说话。他对钢琴师说:"我在找你。你躲哪里去了?"

"他没有躲起来。"女招待说。

保镖试图不理她。他继续对艾迪咧嘴笑。

女招待更进一步说:"他怎么躲得起来?他没有机会。他们知道了他的地址。"

普林使劲眨眼。笑容消失了。

安静了一会儿。然后哈里特说:"让我参与进来。"她从吧台后面俯身过来,"这里在做什么?"

---

[1] 爵士钢琴大师 Hank Jones 与日本爵士音乐监制伊藤八十八有个厂牌叫 Eighty-Eights。

"有点乱。"女招待指了指保镖,"问问你的男人。他知道这一切。他挑起了事端。"

哈里特斜视着普林。

"他泄露了。"她说。

"泄露什么了?"保镖退缩了,"她从何说起?她是在做梦还是什么?"

女招待转过身来,看着哈里特:"瞧,如果你不想听的话——"

哈里特深吸了一口气。她继续看着普林。

"我希望你能承受。"女招待对她说,"毕竟,你和这个男人住在一起。"

"最近没有。"哈里特的声音很重,"最近我几乎没有和他住过。"

女招待开口说话,普林咬牙切齿地说:"安静,不要说话——"

"闭上你的嘴。"哈里特对普林说,然后又对女招待说,"好吧,告诉我。"

"这就是他们所说的背叛。"莉娜说,"我是直接从顾客那里知道的。他们告诉我他们今天早上来这里了。他们还买了一些饮料和其他的东西。"

艾迪想走开。女招待伸手抓住他的胳膊,搂住他。他耸耸肩,微笑着。他的眼睛对保镖说:"我不介意,所以你也不要介意。"

女招待继续说道:"是他们两个。两个大使,但不是善类。他们都是丑恶的,会伤害人的类型,或者会让你消失。你明白我说的吗?"

哈里特迟钝地点了点头。

"他们在找艾迪。"女招待说。

哈里特皱着眉头:"为了什么?"

"这不是重点。重点是,他们有车,有枪。他们需要的是一些情报。比如找到他的地址。"

哈里特不再皱眉了。她目瞪口呆地看着普林:"你没有告诉他们……"

莉娜说:"他确实告诉了。"

哈里特龇牙咧嘴。

"他们也给了他一笔不菲的小费。"女招待说,"他们递给他五十美元。"

"不!"这是一声呻吟。哈里特的嘴扭曲了。她转过头,不去看保镖。

"我不想再在这里工作了。"女招待说,"我只住几天,直到你找到另一个女孩。"

"先等等,"保镖说,"没那么糟糕。"

"没有吗?"莉娜面对着他,"我告诉你情况有多糟。你曾用钩子钓过鲶鱼,他们为臭味而来。你要做的就是把一些虫子放在罐子里,把它置于阳光下一周左右,然后打开罐子闻一闻。你就知道闻起来是什么味道。"

普林用力咽口水:"看,你全弄错了——"

女招待说:"现在我们有奶吃了[1]。"

"你在听吗?"普林抱怨道,"我告诉你,他们骗了我。我不知道他们在找什么。我想他们是——"

"是的,我们知道。"莉娜低声说,"你以为他们是人口普查员。"

保镖转向艾迪。他的手臂向上做恳求的手势:"我不是你的朋友吗?"

"当然。"艾迪说。

"我会做什么伤害你的事情吗?"

"当然不会。"

"你们听到了吗?"保镖大声对两个女人说,"你听到他说什么了吗?他知道我站在他这一边。"

"我想我要吐了。"哈里特说。

但保镖继续说道:"我告诉你,他们骗了我。如果我认为他们是来伤害艾迪的,我会——哎呀,我的天,我会把他们撕成碎片。他们再

---

1 squeaky wheels get the grease:会哭的孩子有奶吃。

来的话,我会把他们从窗户丢出去,一次一个。"

附近的一个饮酒者喃喃自语:"你告诉他们吧,拥抱者。"

另一个酒鬼说:"当拥抱者这么说的时候,他是认真的。"

"你说得对,我是认真的。"普林大声说,"我不是一个自找麻烦的人,但如果他们想要麻烦,他们就会得到。"然后,对艾迪说,"不要担心,我能应付他们这些持枪歹徒。他们个头小。我个头大。"

"有多大?"女招待问道。

普林冲她咧嘴笑了笑:"看看。"

她上下打量着他,"是的,我已经看到了,好吧。"她低声说,"真的很大。"

保镖现在感觉好多了。他咧嘴笑得更欢了,"大就对了。"他说,"它也很坚固。"

"男人?"她夸张地说,嘴扭曲了,"我看到的是粪便。"

酒吧里,饮酒者已经停止饮酒。他们盯着女招待看。

"只是粪便。"她向保镖走了一步。

"你唯一大的地方是你的嘴巴。"

普林又哼了一声。他喃喃自语:"我可不喜欢这个,我无法忍受。"

"你会忍受的。"她告诉他,"你会自食其果。"

他正在自食其果,好吧,艾迪想。他被她噎住了。看看普林,看他眼睛里的东西。因为他挨了她的骂，所以才会这样。他太喜欢她了，这让他浑身发抖，快疯了。他对此无能为力，只能承受。只要站在那里承受就行了。是的，他正在挨骂。我见过他挨骂，但不是像这个样子。

现在酒吧里的人越聚越多了。他们从桌子边站起来，慢慢地向前倾，以免漏掉一句话。哈里特酒吧里唯一的声音是女招待发出来的。她安静而平稳地说话，从她嘴里传来的东西就像一把刀片刺进保镖的身体。

艾迪想，真的把他撕成碎片了。仔细想想，这里发生了某种截肢活动。我们指的不是胳膊或腿。

看看哈里特。看看她怎么了。她几分钟就老了十岁。她的男人被砍伤又被剁碎了。事情就在她眼前发生，她一句话也说不出来，一个动作也做不出来。她知道这是真的。

当然，这是没法摆脱的事实。保镖今天把事情搞砸了。但即便如此，我认为他正在变得更糟糕，他不该遭此境遇。你必须承认，他最近遭到了沉重的打击，我指的是女招待的问题，一个又一个晚上在那里看到她，却知道没有机会。即使是现在，她在所有这些人面前把他撕成碎片，朝他身上呕吐时，他也无法将饥饿的目光从她身上移开。你一定为保镖感到难过，这对哈雷维尔拥抱者来说是一场悲伤的午后场。

可怜的拥抱者。他非常想东山再起，以某种形式卷土重来。他想，如果他能和女招待上床，他一定会证明一些事情。他能证明他仍然拥有那种力量、重要性、能力和动力，以及让女人说"是"所需要的一切。他从女招待那里得到的却是一个冷冰冰的、沉默的拒绝，甚至连一个眼神都没有。

他现在有所收获。他得到了很多。那就是彻头彻尾的悲伤，这就是事实。我希望她能停下来，我觉得她太过分了。她知道自己在对他做什么吗？她不可能知道。如果她知道，她会停下来。如果我能告诉她就好了……

告诉她什么？那个保镖并不像看上去那么坏？他只是另一个试图东山再起却把自己弄得一团糟的人？当然，事情就是这样，但你不能这么说。你不能帮普林抱怨诉苦，你不会为他诉苦，就是这么回事。你离现场太远了，你在很高很远的地方，在那里什么都不重要。

那你站在这里干什么？看，还有倾听。你为什么不在钢琴边？

或者你在等什么事情发生。看来，保镖再也受不了了。女招待坚持这样，肯定会出事的，一定会。

那又怎样？这与你无关。没有什么事与你有关。你现在要做的是，走开。你从这里漫游到那边的钢琴前。

他开始动，然后就不能动了。女招待仍然抓住他的胳膊。他拉了一下，胳膊松开了，女招待看着他。她的眼睛说："你不能走掉，你也牵涉在内。"

他温和而轻松地微笑说:"没有牵涉进去。"没有牵涉进任何事情。

然后他走向钢琴。他听到了女招待继续和普林说话的声音。他的腿移动得更快。他急匆匆地坐到键盘前,开始演奏音乐。

行啦,他想。这会盖过那些嗡嗡声的。他脱下大衣扔到椅子上。

"嘿,艾迪。"这声音来自附近的一张桌子边。他朝那个方向瞥了一眼,看到了染成黄橙色的头发,有瘦削的肩膀和平坦的胸部的女人。克拉丽斯的嘴唇湿漉漉的,眼睛闪闪发亮。她一个人坐在那里,不知道酒吧里的情况。

"来这里。"她说,"来吧,我给你看一个把戏。"

"稍后。"他低声说,继续面向钢琴。但后来他想,这不礼貌。他转过身来对克拉丽斯笑笑,然后走到桌子旁坐下,"好吧。"他说,"让我们看看。"

她从椅子上下来,坐到桌子上,试图单臂倒立。她从桌子上掉了下来,落在地板上。

"得了。"艾迪说。他伸手扶她站起来,她滑回到椅子上。从房间的另一边,从酒吧里,他能听到女招待的声音,还在对普林讲话。别听,他告诉自己。试着集中注意力听克拉丽斯在说什么。

克拉丽斯说:"你昨晚确实没把我放在眼里。"

"嗯,它只是不在那儿。"

她耸耸肩。伸手去拿一个小酒杯,把它捡起来,发现里面是空的。她对着空杯子含糊地笑着说:"事实就是如此。如果它不在那里,那它就是不在那里。"

"我就知道会这样。"

"你就知道会这样,该死的你是对的。"她伸出手,深情地拍了拍他的肩膀,"也许下次……"

"当然。"他说。

"或者……"她把杯子放在桌子上,推到一边——"也许不会有下一次了。"

"你是什么意思?"他微微皱了皱眉头,"你关店了?"

"不。"她说,"我还在做生意。我是说你。"

"我?我怎么了?"

"有变化。"克拉丽斯说,"我看有些变化。"

他的眉头皱得更紧:"比如?"

"好吧,比如昨晚。就在不久前,你和女招待走进来的时候。似乎,好吧,我以前见过这种事。我总能觉察到什么时候会发生这种事。"

"什么时候发生了什么?你想说什么?"

"碰撞。"她说。她没有看着他。她在对着酒杯和桌面说话,"这就是发生的事情,碰撞。在他们意识到之前,它击中了他们。他们就是无法避开它。甚至连这里的这个风格很酷的音乐人都没有办法逃避。它来得很容易,去得也很容易,突然他被击中了——"

"喂,瞧,你想再喝一杯吗?"

"我总是想再喝一杯。"

他开始站起来:"你现在肯定需要它。"

她把他拉回到椅子上:"先告诉我真相。我喜欢获取这样的第一手资料。也许我会把它发送给温切尔。"

"你指什么?你在胡思乱想吗?"

"有可能。"克拉丽斯低声说。她看着他。这是一个试探性的眼神,"只是它表露出来了。它都匆匆写在你脸上。当我看到你和她一起进来的时候,它就在那里。"

"她?女招待?"

"是的,这个女招待。但当时的她并不是一个廉价的娱乐场所女招待。她是尼罗河女王,而你是那个来自罗马的士兵或之类的人物。"

他笑了:"是杜松子酒,克拉丽斯。杜松子酒让你醉了。"

"你是这么想的吗?我可不这么想。"她伸手去拿桌子上的空杯子,把它拉向自己,"让我们看看这个水晶球。"她说。

她双手托着酒杯,坐在那里聚精会神地看着这个空的小酒杯。

"我看到了什么。"她说。

"克拉丽斯,这只是一个空杯子。"

"现在不是空的了。有云,有阴影——"

"别胡闹了。"他说。

"安静。"她低声说,"越来越近了。"

"好吧。"他咧嘴笑了,"我配合你说笑话。你在杯子里看到了什么?"

"是你和女招待——"

不知什么原因,他闭上了眼睛。他的手抓住椅子的两侧。

他听到克拉丽斯说:"——周围没有其他人。只有你和她。是在夏日,那里有海滩,有水——"

"水?"他睁开眼睛,双手放松,又咧嘴笑了,"那不是水。那是杜松子酒。你在里面游泳。"

克拉丽斯不理他。她继续凝视着小酒杯:"你们俩都穿上衣服。然后她脱下衣服。看看她在做什么。她一丝不挂。"

"别说下流话。"他说。

"你站在那里看着她。"克拉丽斯继续说道,"她跑过沙滩,然后在海浪中潜水。她要你脱衣服下水,水没问题。你站在那里——"

"没错。"他说,"我只是站在那里,我不动。"

"但她想要你——"

"让她见鬼去吧。"他说,"那海对我来说太深了。"

克拉丽斯看着他。然后她看了看小酒杯。现在它只是一个空的小玩意,需要重新填满。

"你看到了吗?"他又咧嘴笑了,"什么都没有发生。"

"你对你自己坦诚相待了吗?"

"好吧,如果这是你需要的证据的话——"他把手伸进口袋,掏出那卷钱,那是从哈里特那里拿到的他的工资。他揭开三张,放在桌子上,"我会提前付钱给你。"他说,"下次。"

她看了看那三张钱。

"拿去吧。"他说,"你还不如拿走它。你会为它工作的。"

克拉丽斯耸耸肩,把钱从桌子上拿了下来。她把钞票塞到袖子下面,"好吧,不管怎样。"她说,"很高兴知道你仍然是我的客户。"

"永远都是。"他带着温柔而轻松的微笑,"我们来握手成交。"

他伸出手来。就在这时,他听到了酒吧那边传来的噪音。这是一声咆哮,然后从人群那边传来喘息声。他转过头,看到人群向后移动,推来推去,避开保镖。咆哮声再次响起,哈里特从酒吧后面走了出来,她试图在保镖和女招待之间快速走动。保镖把她推到一边。这是一次猛烈的推搡,哈里特跌跌撞撞地跌到了地板上。然后,保镖又咆哮了一声,慢慢地向女招待走去。女招待站在那里一动不动。普林举起手臂。他犹豫了一下,好像不太确定自己想做什么似的。女招待冷冷地轻蔑地笑了笑,大胆地让他过去。他挥动手臂,手掌紧紧地按在她的嘴上。

艾迪从椅子上站起来,走向酒吧里的人群。

十一

他挤过人群。他们挤得很紧,他不得不使用他的胳膊肘。当他强行闯出一条路时,他们倒吸了一口凉气,因为普林第二次打了女招待。这一次是用手背猛击了她的关节。

艾迪不停地推搡,穿过人群。

女招待没有动。一股红色的涓涓细流从她的下唇倾斜而下。

"你会收回你的话。"保镖说,他喘着粗气,"你会收回每一句——"

"去死吧。"女招待说。

普林又用手掌打了她,然后又用他的手背打她。

哈里特从地板上站起来,隔在他们中间。保镖抓住她的胳膊,把她甩向一边。她在地板上风一般滑动,膝盖重重着地,然后试图站起来,这时她扭伤了脚踝。她向后退,坐在那里揉着脚踝,眼睛盯着普林和女招待。

保镖再次举起手臂:"你要收回你的话吗?"

"不。"

他张开手在她的脸上重击一掌。她摇摇晃晃地靠在吧台上,恢复了平衡,站在那里,仍然冷冷地微笑着。这时,她嘴角流出了更浓的血。她的半边脸上满是指印。另一边肿胀淤青。

"我会毁掉你的。"普林冲她尖叫,"我要让你希望你从未见过我——"

"我现在就看不见你。"女招待说,"我不能低头看那么远。"

普林又用手掌打了她,然后他握紧了拳头。

艾迪像镰刀一样挥舞着双臂,这时一种绝望的感觉涌上他的心头。

普林对女招待说:"你得把它收回去。如果我把你的牙齿都打掉,你就会把它收回去。"

"休想。"女招待说。她舔舔流血的嘴唇。

"该死。"普林嘶嘶地说。他破口大骂,挥拳朝她的脸打过去。这时一只手抓住他的手臂,他的拳头还在半空中。他猛地松开拳头,又再次破口大骂。那只手放在他的胳膊上,现在紧紧地抓住了他的拳头。

他转过头去看是谁干的。

"放开她。"艾迪说。

"凭你?"保镖说。

艾迪什么也没说。他仍然举着保镖的胳膊。他慢慢地踱着步,走在普林和女招待之间。

普林睁大了眼睛。他真的很震惊,"不可能是艾迪。"他说,"可以是所有人,除了艾迪。"

"好吧。"钢琴师低声说,"我们别打架了。"

"天啊。"保镖说。他转过身来,目瞪口呆地看着惊呆了的人群,"看看这里发生了什么。看看谁想让我们不打架了。"

"我是认真的,沃利。"

"什么?你说什么?"然后又对人群说,"明白吗?他说他是认真的。"

"行了,这已经够了。"艾迪说。

"好吧,我会——"保镖不大清楚那是怎么回事。然后他往下看,看到那只手仍然抓住他的手臂,"你在干什么?"他问道,他的口音因惊讶而含糊不清,"你以为你在干什么?"

艾迪对女招待说:"离开这里。"

"什么?"普林问。然后对一动不动的女招待说:"没错,待在那里。

你可以收获更多。"

"不。"艾迪说,"听着,沃利——"

"听你的?"保镖哈哈大笑,他把胳膊从艾迪的手中挣脱出来,"走开,小丑。让开。"

艾迪站在那里。

"我说走开。"普林咆哮道,"回到属于你的地方去。"他指着钢琴。

"除非你放开她。"艾迪说。

普林又转向人群:"你们听到了吗?你们能相信吗?我叫他走开,他不走开。这不可能是艾迪。"

人群中有人说:"那就是艾迪,好吧。"

另一个人说:"他还在那儿,拥抱者。"

普林后退了一步,上下打量着艾迪。他说:"你怎么了?你真的知道自己在做什么吗?"

艾迪又和女招待说话了:"离开,好吗?去吧,退出去。"

"我不退出这笔交易。"女招待说,"我喜欢这笔交易。"

"她当然喜欢。"普林说,"她只是尝到了一点滋味。现在我要给她——"

"不,你不会的。"艾迪的声音很柔和,几乎是耳语。

"我不会?"保镖模仿艾迪的语气,"有什么障碍阻碍我吗?"

艾迪什么也没说。

普林又笑了。他伸手轻轻拍了拍艾迪的头，然后慈父般和蔼地说："你脱离常轨了吧。一定有人给你喂过大麻了，或者某个小丑在你的咖啡里放了一个胶囊。"

"他没醉，拥抱者。"人群中有人说，"他双脚着地。"

另一位观察者说："如果他不让开，他会把头撞在地板上的。"

"他会让开的。"普林说，"我唯一要做的就是打个响指——"

艾迪用眼睛说话。他的眼睛对保镖说，他将远不只做这些。

普林读懂了，他决定测试一下。他走向女招待。艾迪和他一起走，挡住他的道。有人喊道："小心，艾迪——"

保镖扬起巴掌向他打过去，好像击打一只苍蝇一般。他躲开了，保镖从他身边冲了过去，用拳头对准了女招待。艾迪转身挥了一下手，右手碰到了普林的头。

"真的？"普林沉声道。他转过身来看着艾迪。

艾迪绷紧肌肉，双腿张开，双手低垂。

"是你干的？"普林问道。

我干的吗？艾迪问自己。真的是我吗？是的，确实是我。但那不可能。我是艾迪。艾迪不会那样做的。会这么做的人是一个早已消逝的流浪者，一个最喜欢喝自己血的狂野男人，他最喜欢吃的肉是地狱厨房的暴徒、鲍里街的拳击家和绿点区的丑角的肉。但那是在另一个城市,另一个世界。在这个世界上的是艾迪,他坐在钢琴前,创作音乐,并保持沉默。那为什么——

保镖向内移动,用左手拖拽,右手竖起跟进。当保镖挥臂时,艾迪伏低,对准其中腹部来了一记短直拳。普林咕哝着弯下腰。艾迪后退一步,然后左手向下切击其头部。

普林倒下了。

人群一派寂静。哈里特酒吧里唯一的声音是保镖沉重的呼吸声,他单膝跪着,慢慢地摇摇头。

然后有人说:"我得买副新眼镜了,我只是觉得不太对劲。"

"你我看到的一样。"另一个人说,"是艾迪干的。"

"我告诉你,那不可能是艾迪。他的动作——是我多年未见的。自从亨利·阿姆斯特朗之后就再也没有见过。"

"或者特里·麦戈文。"其中一位老人说。

"没错,麦戈文。那是一只麦戈文式的左手,没错。"

然后他们又安静下来了。保镖正打算站起来。他起得很慢,看着人群。他们退让着。在外围,他们把椅子和桌子推到一边,"没错。"保镖轻声说,"给我足够的空间。"

然后他转过身来,看着钢琴师。

"我不想这样。"艾迪说,"我们结束吧,沃利。"

"当然。"保镖说,"马上就要结束了。"

艾迪向女招待做了个手势,女招待已经向酒吧的另一边走去:"只要你离她远点……"

"眼下。"保镖表示同意,"眼下我想要的是你。"

普林冲向他。

艾迪用右手飕飕作声地揍了他的嘴。普林向后退了一步,开始向前走,颧骨又挨了那右手一击。然后,普林双手挥舞着试图接近他,艾迪压低了身体,开心地咧嘴笑着,左手一个上勾拳打在保镖身上,接着右手一个短直拳打在他受伤的颧骨上,发出嘎吱嘎吱的声音。普林又退了一步,然后小心翼翼地迂回走进来。

这种谨慎也于事无补。普林头部中了一记右拳,左眼中了三记左拳,嘴巴中了一记右直拳。保镖张开嘴,两颗牙齿掉了出来。

"神圣的圣彼得!"有人喘着粗气。

普林现在非常小心。他佯攻左路,以吸引艾迪,躲开一记未中的右拳,并向头部连袭几记左拳。他避开了,再一次佯攻左路吸引艾迪,然后越过右边,这次他击中了。他击中了艾迪的下巴,艾迪飞了起来,撞到地板上,平躺在上面。他的眼睛闭了一会儿。他听到有人说:"拿些水来。"他睁开眼睛,对着保镖咧嘴笑了。

保镖对他咧嘴笑了笑："怎么样？"

"很好。"艾迪说。他站了起来。保镖很快走过来，一拳打在他的下巴上，艾迪又倒下了。他慢慢地站了起来，仍然咧嘴笑着。他举起拳头，但普林紧跟上来，把他往后推。普林用一记长左拳与他较量，打得他靠在桌子上直立起来，然后用一记右拳打他，把他打过了桌子，他的腿高高翘起。接着头撞到地板上，翻身站了起来。

普林围着桌子转，边等着他。普林用右拳劈了一下他的头，用左勾拳钩住他的肋骨，然后拖拽着用了一招回旋踢，踢中了他的头。他跪了下来。

"原地不动。"有人对他喊道，"拜托，不要动了。"

"他不会那样做的。"保镖说，"你观察看看。他会再次站起来的。"

"别动了，艾迪——"

"他为什么要原地不动？"保镖问道，"看他还在咧嘴笑，他还挺享受的。"

"很有趣。"艾迪说。然后他很快就爬了起来，狠狠地打在保镖的嘴上，打在他被割伤的眼睛上，又打在他的嘴上。普林的眼睛又被深深地割伤了，他痛苦地尖叫起来。

人群背靠着墙。他们看到保镖的嘴被狠狠地打了一拳。他们看到个子较小的男子猛扑过去，击中了保镖的腹部。普林喘着粗气，弯下腰，想蹲下去。个子较小的男人进攻,用一记右拳让普林挺直了身子。然后,他用一记呼啸的左拳,击中他那严重受损的眼睛,对手发出了令人揪心的声音。

普林尖叫起来。

又传来一声尖叫,它来自人群中的一位女士。

一个男人喊道:"来个人制止一下——"

普林一只坏眼睛又挨了一记左勾拳,嘴巴又挨了一记嘶嘶作响的右勾拳,眼睛被一记左拳打中,淤青的颧骨被一记右拳打中,同一块颧骨又被两记右拳打中。艾迪打断了保镖的颧骨,闭上了他的眼睛,从流血的牙龈上打掉了四颗牙齿。保镖张开嘴再次尖叫,被一记右拳击中下巴。他撞到一把椅子上,椅子散架了。他摸索着伸出手来,下巴搁在地板上,手扣在一段碎木头上,腿从破椅子上伸出来。他站起来的时候,用尽全力在那个小个子的头上挥动球杆。

球杆打空了。普林再次挥杆未中。个子较小的那个正在后退。保镖缓慢前进,然后挥棒猛扑过去,球杆擦破了个子较小的男子的肩膀。

艾迪不停地后退。保镖再次瞄准他的头骨时,他撞到了一张桌子,把自己摔到了一边。那根碎棍子只差几英寸就打中了他的太阳穴。

"太近了。"艾迪告诉自己。太近了,这对健康可不太好。这件事联系在一起,你在病危名单上。你说的是病危吗?你现在的健康状况已经很危险了。你怎么还站着？看看他。他完全疯了，这不是猜测，也不是理论。看看他的眼睛就知道了。或者让他成为独眼，另一只眼睛一团糟。看看那只睁开的眼睛。你看到那只眼睛里是什么了吗？那是屠杀。他一心谋求屠杀，你得做点什么。

不管是什么，你最好快点。我们现在处于冲刺阶段。他离终点线越来越近了。是的，那次他差点抓住你。再多一英寸左右就够了。该死的这些桌子。所有这些桌子都挡住了路。但是你离那道门，那道后门，我想你已经足够近了，可以尝试一下。当然，这是你唯一能做的。就是说，如果你想活着离开这里。

他转身朝后门冲去。当他走近门口时，他听到人群中传来一阵巨大的叹息。他猛地转过身来看了看，看到保镖正朝女招待走去。

她靠在吧台上。她被困在那里，被挡住了。一边是翻倒的桌子。另一边是人群。保镖非常缓慢地向前移动，耸起肩膀，举起棍子。一阵刺耳的汩汩声混杂着从他嘴里滴下的鲜血。这是噪音，令人毛骨悚然，恰似一支挽歌。

保镖和女招待之间有大约二十英尺的距离。然后是十五英尺。这时保镖耸肩跨过一把倒下的躺椅，伸手推开一张翻倒的桌子。那一刻，艾迪前行了。

人们看到艾迪跑向吧台，然后跳过木制地板，冲向吧台另一端的食品柜台。他们看到他来到食品柜台,抓起一把面包刀。

他从吧台后面出来,在女招待和保镖之间移动。那是一把大刀,有一个不锈钢刀片,非常锋利。他想,保镖知道它有多锋利,他见过哈里特用它切面包,切肉。我想他现在会放弃那根球杆,恢复理智。看,他停了下来,他只是站在那里。如果他丢掉那根球杆就好了。

"放下它,沃利。"

普林抓住棍子。他盯着刀,然后盯着女招待,然后又盯着刀。

"放下棍子。"艾迪说。他慢慢地向前走了一步。

普林后退了几英尺。然后他停下来,环顾四周,有点惊讶。然后他看了看女招待。他又发出刺耳的汩汩声。

艾迪又向前迈出了一步。他稍稍举起刀子。他踢翻了桌子,使自己和保镖之间的空当畅通无阻。

他对保镖做出威胁的样子,说:"好吧,我给了你一个机会——"

人群中有一个女人尖叫起来。是哈里特。当艾迪不停地慢慢走向保镖时,她又尖叫起来。她喊道:"不,艾迪……不要!"

他想看着哈里特,用眼睛告诉她:"没关系,我只是在吓唬他。"继而又想,你不能那样做。你得盯着这边这个。必须用你的眼睛吓他,把他吓出去——

普林又在后退。他仍然拿着棍子,但现在他已经松开了。他似乎没有意识到自己手里拿着它。他又向后退了几步。然后他转过头来，看着后门。

"我认为这起作用了。"艾迪对自己说。如果我能让他离开这里，让他跑，他就会走出那扇门，走出哈里特酒吧，远离女招待……

看，现在，他扔掉了球杆。好吧，没关系。你做得很好，拥抱者。我想你会成功的。来吧，拥抱者，和我一起合作。不，别看她。看看我，看看那把刀。这是一把锋利的刀，拥抱者。你想摆脱它吗？你所要做的就是去那扇门。求你了，沃利，去那扇门。我会帮你熬过去，我马上就来，我随后就到——

他把刀举得更高。他走近一点，假装在保镖的喉咙上划了一刀。

普林转身朝后门跑去。

艾迪追了上去。

"不……"哈里特说。

人群中的其他人说："不要，艾迪。艾迪——"

他追着普林穿过哈里特酒吧的密室，穿过通往小巷的门。普林飞快地穿行在狂风呼啸、白雪皑皑的小巷。必须和他在一起，艾迪想，必须和那个现在需要朋友的拥抱者在一起，他肯定需要一只亲密的手放在他的肩膀上，一个温柔的声音说："没事的，沃利。没事的。"

普林回头一看，看见他拿着刀来了。普林跑得更快了。这是一条很长的小巷，普林正在逆风奔跑。他很快就会停下来的，艾迪想。他那么重，又严重受伤了，他一定保持不了这个速度。而你，你也把自己压垮了。你不穿大衣是件好事。或者可能也没那么好，因为我会告诉你一些事情，伙计。外面很冷。

保镖走到小巷的中途，又转过身来看了看，然后侧身撞上了一道高高的栅栏木板。他试图爬上篱笆，但没能站稳。他继续沿着小巷跑。他在雪地里滑了一跤，跌了下去，又爬起来，回头看了一眼，又跑了起来。他又跑了三十码，再次停了下来，然后试着打开栅栏门。门是打开的，他穿了过去。

艾迪跑到门口。门仍然开着。里面是一栋两层住宅的小后院。他进入后院时，看到普林正试图爬上房子的墙壁。普林抓着墙，试图把手指伸进红砖之间的小缝隙里。他似乎想爬上墙，哪怕他不得不把手指上的肉都刮下来。

"沃利……"

保镖继续努力爬墙。

"沃利，听着……"

普林跳到墙上。他的指甲刮擦着砖块。等他一跳下来，就瘫倒在地。他挺直身子，顺着墙往上看，然后慢慢地转过身来，看着艾迪。

艾迪冲他笑了笑，放下刀子。它"砰"的一声落在雪地里。

保镖低头盯着那把刀。它半藏在雪里。普林用颤抖的手指指了指。

"见鬼去吧。"艾迪说。他把刀子踢开。

"你不会?"

"算了吧,沃利。"

保镖把手举到血迹斑斑的脸上。他擦了擦嘴里的血,看了看染红的手指,然后抬头看了看艾迪,"算了吗?"他喃喃自语,开始向前走,"我怎么能算了呢?"

现在放松点,艾迪想。让我们放松点,慢慢来。他继续对保镖微笑。他说:"我们就这么说吧——我受够了。"

但普林继续往前走。他说:"还没有结束,应该有个赢家。"

"你是赢家。"艾迪说,"你对我来说太了不起了,仅此而已。我根本无法对付你。"

"别骗我。"保镖说,他那饱受疼痛折磨的大脑想在红色的雾霾中一探究竟,不知怎么看到了事情本来的样子,"他们看到我逃跑了。保镖被解雇了。他们会开玩笑的——"

"沃利,听着……"

"他们会嘲笑我的。"普林说,他现在俯下身,慢慢地逼近,肩膀颤动着,"我可不要。这是我无法接受的一件事。我必须让他们知道——"

"他们知道,沃利。他们似乎不需要证明。"

"一定要让他们知道。"普林说,好像在自言自语,"必须要她把她说的关于我的话都取消。我只是一个过气的废物,一个懒汉,一个骗子,一个爬行的蠕虫——"

艾迪低头看着雪地里的刀子。他想,要取消那些话为时已晚。任何事情都为时已晚。是的,你试过了。

"但现在听我说。"保镖恳请自己,"她所叫的我的名字一个都不对。我只有一个名字。我是拥抱者——"

他在抽泣,巨大的肩膀在颤抖,流血的嘴巴怪异地扭曲着:"我是拥抱者,他们不应该嘲笑拥抱者的。"

普林跳了起来,他那粗壮的胳膊伸了进来,紧紧地搂着艾迪的腰部。是的,他就是拥抱者,艾迪想,感受到了紧紧拥抱的巨大力量。他感觉他的内脏好像被挤到了胸口。他无法呼吸,甚至无法尝试呼吸。他张大嘴巴,向后仰着头,紧紧地闭上眼睛,承受着保镖下巴对他的胸骨施加的铁一般的压力。他对自己说,你无法承受这个。没有一个生物可以活着承受这个。

这时保镖把他抬起来,他的双脚离地几英寸。这种熊抱的压力越来越大,艾迪向前摆动双腿,好像在试图向后翻筋斗。他的腿夹在保镖的膝盖之间,保镖跌跌撞撞地向前走去。然后他们平静下来,他感觉到雪的寒冷潮湿。保镖在他上面,继续紧紧地拥抱,当巨大的手臂施加更大的力时，叉开的膝盖紧紧地支撑在雪地上。

艾迪的眼睛一直闭着。他试着睁开，但睁不开。然后他试着移动左臂，从指甲的角度思考，告诉自己需要爪子，如果他能够到保镖的脸——

他的左臂抬高了几英寸，又落回雪地里。他的手靠着雪地感觉很冷。然后发生了一些事情，让他感觉不到寒冷，"你要永久地离去了。"他自言自语地说。你快要昏倒了。当这个想法在他脑海中的迷雾里盘旋时，他正在用右手尝试。

尝试什么？他问自己。你现在能做什么？他的右手在雪地里无力地移动。然后他的手指碰到了某种坚硬的木质的东西。在接触的那一刻，他就知道那是什么。是那把刀柄。

他拉了拉刀柄，心想，放在胳膊里，让他把它夹在胳膊里。然后他努力睁开眼睛，将余力使在眼睛上，他的手指紧握着那把刀。他瞄准了，刀子对准了普林的左臂。深入，他对自己说。把它放在那里，他就会真正感觉到，他就会放手。

刀子深放在那里。普林没有看到。就在那一刻，普林改变了姿势，用熊抱施加了更大的压力。普林从右向左移动，胸口挨了一刀。刀刃深深地插进去了。

"什么？"普林说，"你对我做了什么？"

艾迪盯着自己的手，仍然紧握着刀柄。保镖似乎正在慢慢远离他，向后退，又往一侧滚。他看到刀刃闪着血光，随后保镖在雪地里打滚抽搐。

保镖仰面翻滚，又重新趴在地上，然后又仰面翻滚。他待在那里，张大嘴巴，开始深吸一口气。一些空气吸进又呼出，夹杂着粉红色、红色和深红色的气泡。保镖的瞳孔睁得很大，然后叹了口气，双眼依然睁着，死了。

十二

艾迪坐在雪地里,看着那个死人。他自言自语:"是谁干的?"然后他向后跌倒在雪地里,大口地喘着粗气,咳嗽着,试图放松一下内心。那里太紧张了,他想,双手紧搂着腹部,一切都被压扁了,损坏了。你感觉到了吗?你感觉到它了,你是对的。雪里的那个东西,那是你的作品,伙计。你想再看看吗?你想欣赏你的作品吗?

不,现在不行。我们现在还有其他工作要做。你在巷子里听到的声音,是哈里特酒吧的常客传来的,他们出来看看情况如何。他们怎么等了这么久?他们一定很害怕。或者有点麻木,那才像话。但现在他们在巷子里。他们正在打开栅栏门,那些门没有锁。当然,他们认为我们在其中一个后院。所以你要做的是,你必须让他们远离这里。你锁上那扇门。

但是等等,让我们检查一下这个想法。你为什么不想让他们看到?他们迟早会看到的。事实上,这只是其中一个意外。这似乎并不是你有意做的。你瞄准了他的手臂,然后他做出了那个动作,他从右到左,从对到错,只移动了四五英寸。当然,事情就是这样,他移动的时候方向错了,这是一场意外。

你说是意外。他们会怎么说?他们会说是杀人。

他们会添油加醋,然后会回放哈里特酒吧里发生的事情来作证。比如你用刀对着他的样子。他离开时你追他的样子。但就此打住,你知道你当时只是在虚张声势。

当然,朋友。你知道。但他们不知道。这只是程度的大小,虚张声势这回事就是没有桨的独木舟。因为那次虚张声势做得太完美了。你可真能卖,朋友。你知道哈里特买了它,他们都买了。他们会说你脸上写满了凶杀案。

想预测一下吗?我想他们会称之为二级谋杀,这意味着五年、七年、十年甚至更长时间的监禁,这取决于假释委员会成员的情绪状况或胃部的健康状况。你愿意接受那个处理吗?好吧,坦率地说,不愿意。

你最好现在就行动。你最好锁上那扇门。

他用胳膊肘撑起身子，转过头去看了看栅栏门。他和门之间的距离有些难以估计。白天所剩不多。剩下的阳光被深灰色的窗帘挡住了，上面的窗帘很厚，下面的窗帘更厚，因为大雪，窗帘变成了斑驳的白色。这再次提醒他，他没有穿大衣。他茫然、愚蠢地想，你回去拿你的大衣吧，你在这里会冻僵的。

牢房里更冷。没有什么比牢房更冷的了，朋友。

他在雪地里爬行，把自己推向大约十五英尺外的栅栏门。为什么要这样做？他问自己。为什么不站起来走过去呢？

答案是，你站不起来了。你就快累坏了。你需要的是一间白色房间，里面有一张温暖的床，还有一些穿白色衣服的人来照顾你。至少给你打一针，让疼痛消失。太痛了。我想知道你的肋骨是不是骨折了。好吧，我们别再抱怨了。让我们继续朝那扇门走。

当他匍匐在雪地向栅栏门爬去时，他听到了从巷子传来的声音。现在声音更近了。

那些声音与小巷两边的栅栏门发出的咔嗒声混杂在一起。他听到有人大喊："试试那个，这个锁着了。"

另一个声音说："也许他们一直沿小巷走到底了——也许他们走到街上了。"

第三个声音不同意："不，他们在后院里——他们不可能那么快就到街上了。"

"他们一定在附近。"

"我们最好叫警察。"

"你们继续行动,好吗?继续打开那些门。"

他现在爬得稍快了一点。在他看来,他几乎没有移动。他张着嘴恳求空气进来。空气进来的时候,更像是有人把滚烫的灰烬铲进了他的喉咙。到那儿去,他自言自语。老天,快到那门边去,把它锁上。

现在声音更近了。然后其中一个喊道:"嘿,看,脚印——"

"什么,脚印?不只两组脚印。"

"让我们试试斯波丁街——"

"我在这里快要冻僵了。"

"我告诉你,我们最好叫警察。"

他听到他们越来越近了。他离栅栏门只有几英尺远。他试图站起来,却跪倒在地上,想站得更高,但他的膝盖却屈服了。他趴在雪地里,"起来吧。"他自言自语地说。起来,你这个浪子。

他的双手在雪地上用力推着,双臂伸直,当他努力站起来时,膝盖获得了力量。然后他站了起来,向前摔倒,朝打开的栅栏门抓去。他的手碰到门,把门关上,然后系上了门闩。把门闩扣上并上锁后,他又跌了下去。

我想我们现在都没事了,他想。不管怎样,有一段时间没事。但以后呢?好吧,该讨论的时候我们会讨论的。我的意思是,当危险已过,我们确信他们出巷子以后,我们就可以行动了。然后去哪里?你懂我的,朋友。我甚至无法给你一条线索。

他侧身休息,感觉到了脸下的雪,更多的雪落在他的头上,风割进了他的肉,所有的寒冷都深入骨髓,咬噬着他的骨头。他听到小巷里的声音,那些脚步声,栅栏门打开和关闭的声音,尽管声音越来越近,噪音却奇怪地难以区分了。这时,门外的噪音穿门而过,非常混沌不清,更像是远处的嗡嗡声。有点像摇篮曲,他含糊地想。他闭上眼睛,头深深地沉入雪枕。他仿佛浮在空中,又从出口飘了出去。

那声音把他吵醒了。他睁开眼睛,怀疑自己是否真的听到了。

"艾迪。"

是女招待的声音。他能听到她在巷子里慢慢走的脚步声。

他坐起来,眨巴着眼睛。他举起手臂保护面孔不受狂风和大雪的侵袭。

"艾迪……"

是她,好吧。她想要什么?

他把手臂从脸上移开,环顾四周,再抬头看着灰色的天空,大雪落在住宅的屋顶上,旋风从屋顶直刮到后院。现在,那个笨重的东西仍然在后院，雪已经在上面形成了一层薄薄的白色毯子。

仍然在那里，他想。你期待什么？他会站起来走开吗？

"艾迪……"

对不起，我现在不能和你说话。我在这里有点忙。我必须检查一些东西。第一，关于时间。我们什么时候睡觉的？嗯，我想我们没睡多长时间。大约五分钟。本该睡更长时间。真的需要睡眠。好吧，我们回去睡觉吧，其他的事情可以等一等。

"艾迪……艾迪……"

她一个人吗？他问自己。听起来是这样的。就好像她在说，现在解除警报了，你现在可以出来了。

他又听到女招待在叫。他慢慢站起来，打开锁，把门拉开。

脚步声向门口传来。当她走进后院时，他向后退了一步，重重地靠在栅栏上。她看着他，开始说些什么，然后检查了一下。她的眼睛顺着他食指所指的方向看。她慢慢地朝那个方向走去，走近尸体时面无表情。她站在那里看了一会儿，然后把头微微一转，专注地看着那把埋在雪地里的血迹斑斑的刀。她转身离开刀子和尸体，叹了口气说："可怜的哈里特。"

"是的。"艾迪说，他瘫倒在栅栏上，"这对哈里特来说是一次不公正的待遇。这是……"

他说不出话来。一阵疼痛袭来,他不由得发出呻吟。他匍匐在地,慢慢地摇了摇头。

"他本来可以走的。"他喃喃自语。

他听到女招待说:"这里发生了什么事?"

她站在他旁边。他抬头看了看。他身上一阵阵的疼痛,极度的疲劳,他勉强咧嘴笑了:"你会读到这一切……"

"现在就告诉我。"她跪在他身边,"我必须现在知道。"

"为什么?"他对着雪咧嘴笑着,然后又呻吟了一声,笑容消失了,他说,"没关系——"

"去他的没关系。"她抓住他的肩膀,"把细节告诉我。我得了解我们的情况。"

"我们?"

"是的,我们。来吧,告诉我。"

"有什么好说的?你可以自己看——"

"看着我。"她说。他微微抬起头时,她走近了些。她的声音平静,语气冷淡。

"尽量不要垮掉,你必须坚持下去,你得让我知道这里发生了什么。"

"出了点问题。"

"我就是这么想的。这把刀,我的意思是。你不是一个持刀的凶手。

你只是想吓唬他,把他从哈里特酒吧里赶出去,远离我。事情不是这样的吗?"

他耸耸肩:"有什么不同……"

"别这样。"她厉声插话,"我们必须把事情弄清楚。"

他又呻吟起来。他咳嗽了一下:"现在说不了话。"

"你必须。"她紧紧抓住他的肩膀,"你必须告诉我。"

他说:"这只是其中一笔搞砸了的交易。我想我可以和他讲道理。一点用都没有。他偏离轨道了。严格地说他神经不正常了。他朝我跑来,抓住我,然后我差点被挤成肉冻。"

"那刀呢?"

"它在地上。我把它扔到一边,这样他就知道我不是来杀他的。但后来他用尽了所有的重量,把我弄得半死,我伸手就摸到了刀。我瞄准了他的手臂——"

"是吗?继续,告诉我……"

"我以为如果我击中他的手臂,他就会放手。但就在这时,他开始动了。他动得太快了,我无法及时停下。它没击中手臂,却击中了他的胸部。"

她站了起来,若有所思地皱着眉头。她走向栅栏门,然后慢慢转身站在那里看着他。她说:"你想赌一把吗?"

"赌什么?"

"赌他们可能会买账的概率。"

"他们不会吃这一套。"他说,"他们只买证据的账。"

她什么也没说,从栅栏门走出来,低着头缓步走了一小圈。

他从地上撑起来,费了很大的劲,站起来时嘴里咕哝着,喘着粗气。他靠在栅栏上,指着院子中央,那里的雪被染成了红色,"就在那里。"他说,"这就是我干的,我做了。他们只需要知道这些。"

"但这不是你的错。"

"好吧,我会透露给他们。我给他们写封信。"

"是的,当然,从哪里写起呢?"

"我还不知道。我只知道,我必须去旅行。"

"你的身体对旅行来说棒极了。"

他低头看了看雪:"也许我会挖个洞藏起来。"

"这不对。"她说,"这不是你的错。"

"那么,告诉我,我从哪里可以买到直升机?"

"这是他的错。他把事情搞砸了。"

"或者一个气球。"艾迪喃喃自语,"一个漂亮的大气球可以把我抬起来越过围栏,带我出城。"

"别人还以为你在郊游呢。"她说。

"对啊。从某种意义来说,这不是和郊游一样有趣吗?"

她转头看了看尸体,"你这个懒汉。"她说,"你这个愚蠢的懒汉。"

"别那样说。"

"你这个懒汉,你这个白痴。"她对着尸体轻声说道,"看看你都做了什么。"

"别说了。"艾迪说,"拜托你,快离开这院子。如果他们发现你和我在一起——"

"他们不会的。"她说。她向他招手,然后向栅栏门做了个手势。

他犹豫了一下:"他们往哪走?"

"他们穿过了斯波丁街。"她说,"在下一条小巷里。这就是我回来的原因。我就知道你会在这其中一个院子里。"

她走向栅栏门,站在那里等他。他非常缓慢地向前走去,弯下腰,双手紧紧抓住腰部。

"你能走吗?"她问。

"我不知道,我觉得不能。"

"试试看。"她说,"你得试试。"

"看看外面。"他说,"我想确定是否一切已正常。"

她探过栅栏门,上下打量着小巷,"没问题。"她说,"来吧。"

他又向她走了几步。然后他的膝盖弯曲,开始往下跌倒。

她迅速走了进来,抓住了他,双手从他的腋下钩住他,"来吧。"她说,"来吧,现在。你状态很棒。"

"是的,好极了。"

她扶着他站起来,催促他向前走,他们走出院子,沿着小巷走去。

他看到他们正朝着哈里特酒吧的方向走去。他听到她说:"现在里面没有人了。他们都在斯波丁街的另一边。我想我们有机会——"

"别再说我们了。"

"如果我们能赶到哈里特酒吧——"

"现在请注意,不是我们。我不希望这是我们的事情。"

"别,"她说,"别说了。"

"我还是一个人更好。"

"省省吧。"她咬牙切齿地说,"这是那不合时宜的老一套。"

"看,莉娜——"他虚弱地试图从她身边离开。

在他腋下的手抱得更紧了。"让我们继续前进。来吧,我们快到了。"

他闭着眼睛,想知道他们是站着不动还是在走。或者只是在雪上漂流,被风带走。没有办法确定,"你又要消失了。"他自言自语地说。他一声不响地对她说,放手,放手。你没看我想睡觉吗?你能让我一个人待着吗?说吧女士,你是谁?你在干什么?

"我们快到了。"她说。

快到哪里了？她在说什么？她要带我去哪里？我敢打赌，是个黑暗的地方。当然，那是个躲藏之计。要被警察驱逐了。如果你的脑袋还没有被砸碎的话，也许就该被砸碎了。但是为什么要诉苦呢？其他人也遇到了麻烦。当然，每个人都有麻烦。除了那个地方的人，在那里天气总是晴朗的，它不在任何地图上，他们称之为乌有乡。我去过那里，我知道这是什么感觉，我告诉你，伙计，这是一种纯粹的快乐，节奏从未改变，是弹钢琴的你变了，你对此一无所知。直到这种并发症出现。我们遇到了这种并发症。她的脸和身体随她一起来了，在你意识到这一点之前，你就上钩了。你试图挣脱，但它很深，而且有刺。所以渔船胜了，现在你在鱼篓里，很快就到了油炸时间。好吧，这比冷冻要好。这里真的很冷。在哪里？我们在哪里？

他跌倒在雪地里。她把他拉了起来。他又跌倒在她身上，接着倒了下去，横着滑到小巷另一边，撞到了栅栏上。然后他又倒下了。她把他扶起来，"该死。"她说，"你会好起来的。"她弯下腰，手里拿了一些雪，敷在他的脸上。

谁干的？他想知道。谁打了谁？谁用爱斯基摩派打了赛伊的眼睛？是你吗，乔治？听着，乔治，你采取这种态度，这需要挥拳对准你的牙齿打过去。

他盲目地挥了一下，差点打在她的脸上，然后又开始瞎忙活。她抓住了他。他挣扎了一会儿,然后瘫倒在她的怀里。她绕着他滑到他身后,双臂紧紧地搂着他的胸部,把他抬起来,"现在走吧。"她说,"走吧,该死的你。"

"别推搡了。"他喃喃自语,他闭上眼睛,"你为什么要推我?我有腿——"

"那就用起来。"她命令道。她用膝盖撞他,把他往前推,"比醉汉还糟糕。"她喃喃自语,当他试图靠在她身上时,她用力地撞了他一下。他们在大雪中蹒跚而行,走过四扇栅栏门,她就根据小巷左侧的栅栏门测量距离。当他再次摔倒时,他们离哈里特酒吧还有六扇栅栏门。他向前摔倒,平躺在雪地里,她也连带着倒下了。她站起来,试图把他抬起来,但这次她没有做到。她后退一步,深吸了一口气,把手伸进外套里,在围裙下面摸索了一阵,拿出五英寸的帽针。她把长帽针刺在他的小腿上。再刺一遍,刺得更深。他喃喃自语:"什么东西在咬我?"她说:"你感觉到了吗?"她又用帽针刺了一次。他抬头看着她。他说:"你玩得很开心吗?"

"极为开心。"她说,她给他看了帽针,"还要再来几针吗?"

"不要。"

"那么站起来。"

他努力站起来。她把帽针扔到一边,扶他站起来。他们沿着小巷向哈里特酒吧的后门走去。

她努力让他站起来,他们走进哈里特酒吧,穿过后面的房间,然后非常缓慢地走下地窖的台阶。在地窖里,她半抱着他走向堆放得很高的威士忌和啤酒箱,然后把他放在地板上,把他拖到木箱和纸箱后面。他侧卧着,语无伦次地喃喃自语。她摇了摇他的肩膀。他睁开眼睛。她轻声说:"现在听我说。你在这里等着。不要动。不要发出声音。明白了吗?"

他微微点了点头。

"我想你会没事的。"她说,"不管怎样,再等一段时间。他们会在附近到处搜寻,寻找你和普林。看来他们会找到普林的。他们会再次尝试搜寻这条小巷,然后找到他。接着是警察,他们开始找你。但我认为他们不会搜到这里。也就是说,除非他们做出绝妙的猜测。所以也许还有机会——"

"一点机会。"他低声说,苦笑着,"我该怎么办,在这里过冬?"

她把目光从他身上移开:"我希望今晚能带你出去。"

"做什么呢?在街区里散散步?"

"如果幸运的话,我们会骑行。"

"坐在小孩的过山车上?或坐在雪橇上?"

"一辆车。"她说,"我想借辆车——"

"向谁借？"他问道，"谁有车？"

"我的女房东。"然后她又把目光移开。

他看着她的脸缓缓地说："你一定对你的女房东评价很高。"

她一言不发。

他说："你想怎么做？"

"我知道她把钥匙放在哪里。"

"太好了。"他说，"这是个好主意，但还是算了吧。"

"听着……"

"还是算了。"他说，"无论如何，谢谢你。"

然后他转过身来，背对着她。

"好吧。"她非常平静地说，"你现在就睡吧，待会儿见。"

"不，你不要。"他用胳膊肘支撑着站起来，转过头来看着她，"我礼貌地提出要求。不要再回来了。"

她对他微笑。

"我是认真的。"他说。

她继续对他微笑："回头见，先生。"

"我告诉过你，不要回来了。"

"稍后。"她说着，边向台阶走去。

"我不会在这里了。"他朝她喊道，"我会——"

"你要等我。"她说,转过身来看着他,"你就待在那里等着。"

他低下头去看地下室的地板。地板是水泥做的,很冷。但他周围的空气很暖和,炉子离他不到十英尺远。他闭上眼睛,感到温暖笼罩着他。他听到她上楼的脚步声。这是一种既悦耳又温暖的声音。这一切都那么舒适,他自言自语道:"她就要回来了,她就要回来了。"然后他睡着了。

十三

他睡了六个小时之后,感觉到她的手放在他的肩膀上,摇晃着他。他睁开眼睛坐了起来,听到她低声说:"安静……请安静。警察在楼上。"

地窖漆黑一团。他甚至看不到她脸的轮廓。他说:"现在几点了?"

"十点半左右。你睡得很好。"

"我闻到威士忌的味道。"

"是我。"她说,"我和警察喝了几杯。"

"他们买单?"

"他们从不买单。他们只是在酒吧里闲逛。酒保很担忧,他已经让他们免费喝了好几个小时的蜂蜜。"

"他们什么时候找到他的？"

"就在天黑之前。一些孩子从房子里出来打雪仗。他们在院子里看到了他。"

"这是什么？"他问道，感觉手臂上有什么重物，"我们拿到什么了？"

"你的大衣。穿上它。我们要出去了。"

"现在？"

"现在。我们用梯子穿过栅栏出去。"

"然后呢？"

"车。"她说，"我拿到车了。"

"你看，我告诉过你……"

"闭嘴。"她怒冲冲，"来吧，现在。站起来。"

他从地板上爬起来时，她帮了他一把。他很慢很仔细地起身，担心自己可能会碰到木箱和纸板啤酒箱。他低声说：" 我需要一根火柴。"

"我有一些。"她说。她划了一根火柴。在橙色的闪光中，他们面面相觑。他对她微笑。她没有回以微笑，"穿上它。"她指着大衣说。

她朝着固定的向街栅倾斜的铁梯走去，他穿上大衣，跟在她身后。火柴熄灭了，她又点了一根。他们在梯子附近时，她停下来，转过身来看着他，说：" 你能爬上梯子吗？"

"我试一下。"

"你会成功的。"她说,"抓住我。"

她爬上梯子时,他走到她身后,搂着她的腰,"搂得再紧些。"她说,然后点燃另一根火柴,"把头靠在我身上,靠得紧一点。无论你做什么,都不要放手。"

他们爬了几个梯级,休息了一会儿。又爬了几级,又休息了一会儿。她说:"怎么样?"他轻声说:"我还在。"

"抱紧我。"

"太紧了?"

"不。"她说,"再紧一点——像这样。"她调整了一下他的手臂,让它围着她的腰,"现在扣紧你的手指。"她告诉他,"用力按住我的肚子。"

"这儿?"

"再低些。"

"这样如何?"

"可以了。"她说,"现在坚持一下。紧紧抓住我。"

他们继续往上爬。她点燃了更多的火柴,把它们放在生锈的梯子两侧。在火光中,他抬起头,视线越过她的头,看到了格栅的下面。它似乎很遥远。

当他们爬到一半时,他的脚从横档上滑了下来。他的另一只脚也在打滑,但他尽可能紧紧地抓住她,设法稳住了自己。然后他们又开始攀登。

但现在已经不像攀登了，这更像是把她拉下来，"那就是你要做的事。"他自言自语地说。你正把她拉下来。你只是她背上的一个该死的负担，而这只是一个开始。

她和你在一起的时间越长，情况就会越糟。你可以预见到。你可以看到她被捕并被贴上帮凶的标签。然后他们会指控她偷了一辆车。你认为他们会给她判几年？我会说至少三年，也许五年。这对这位女士来说是一个光明的未来。但也许你可以在它发生之前阻止它。也许你可以做点什么让她摆脱困境，让她踏上她的旅程。

你能做什么？

你不能和她说这个，这是肯定的。她只会叫你闭嘴。你肯定不能和她就此发生争论。她就是一个铁头。她下定决心要做点什么——没有办法让她改变主意。

你能离开她吗？你能放手并从梯子上坠落下去吗？噪音会唤来警察。她会在他们来之前偷偷溜走吗？你知道她不会的。她会一直陪着你到最后。她就是用那种材料做的。你很少碰到过这种材料。也许你一生中只有一次会遇到这样的人。或者不，一辈子两次。你无法忘记第一个。你永远不会忘记第一次。但我们现在所有的是某种再版，除非你已经忘掉它，它是某种有生命的东西。它还活着，是压在你身上的她。你把它抓得很紧。你能放手吗?

他听到女招待说:"坚持下去——"

然后他听到了格栅的声音。她正在抬起它。她非常安静地行动,每次抬高一英寸。它升起时,冷空气冲了进来,随之而来的是雪花,就像针一样刺在他的脸上。现在她把栅栏抬得足够高,好让他们能通过。她带着他蠕动着从格栅的空隙通过。格栅先是搭在她的肩膀上,然后搭在她的背上,然后又搭在了他的肩上,他跟着她走过开口的边缘。她把栅栏举得更高,然后他们都跪在石板铺的地面上,她关上栅栏。

黄色的光从哈里特酒吧的边窗飘移过来,在黑暗的街道上隐隐地闪烁着。亮光下,他看到风卷起的雪正在飘落。他想,现在不仅仅是一场暴风雪。这是一场灾难性的雪暴。

他们站起来,她抓住他的手腕。他们继续往前走,在富勒街向西走的时候,他们紧贴着哈里特酒吧的墙壁。他瞥了一眼路边,看到停在路边的警车。他数了数有五辆。还有两辆停在街的另一边。女招待说:"都是空的。我们出来之前我看过。"

他说:"如果其中一个警察[1]从哈里特酒吧里出来……"

她插话道:"他们会待在那里。他们有免费的酒喝。"但他知道,

---

1 Blueboys 指 the police,警察。

她并不能打包票,因为她说话的时候在掰手指。

他们穿过一条狭窄的街道。暴风雪像一扇巨大的冰制弹簧门一样向他们袭来。他们弯下腰,逆风而行。他们又停在富勒另一小段街区,那里有一条狭窄的街道,她说:"我们在这里转弯。"

那儿停着几辆汽车和一些旧卡车。在街区中间有一辆战前的老式雪佛兰。它的挡泥板被撞坏了,大部分油漆都被刮掉。这是一辆双门轿车,但他打量着它时,它给他的印象是一头闷闷不乐、疲惫不堪的骡子。他想,这是一个真正的赛车手,不知道她是怎么发动起来的。她打开门,示意他进去。

然后他靠在前座,她滑到了方向盘后面,按下发动机。发动机喘着粗气,试图发动,但没有成功。她又按下了发动机。发动机又发出了喘鸣,差点发动,然后就熄火了。女招待轻声咒骂。

"天气很冷。"他说。

"以前没给我添过麻烦。"她喃喃自语,"它马上就启动了。"

"现在冷得多。"

"它发动了。"

她把脚踩在发动机上。发动机非常努力地启动,几乎成功了,然后又泄气了。

"也许是好事。"他说。

她看着他:"你什么意思?"

"即使它动了,也不会走多远。他们拿到一辆汽车被盗的举报,他们工作效率很高。"

"不是关于这件事。"她说,"关于这件事,他们要到早上才能收到举报,那时我的女房东才会醒来朝窗外看看。在我盗钥匙之前,我确保她睡着了。"

她边说边再次按下了发动机。发动机擦出了火花,努力保持住,几乎又失去了火花,然后无力地空转。她给它加油,它有反应了。她松开了刹车,正准备换挡时,从富勒街射来两束明亮的灯光,"蹲下。"当另一辆车的前灯越来越近时,她低声说,"低下你的头——"

他们俩都躲到挡风玻璃下面。他听到另一辆车传来的发动机噪音,越来越近,然后从他们身边经过,驶开了。当他抬起头时,又传来了一个声音。是女招待在笑。

他诧异地看着她。她正在开怀大笑。

"他们就是不肯放弃。"她说。

"警察?"

"那不是警察。那是一辆别克,一辆淡绿色的别克。我匆匆看了一眼——"

"你确定是他们?"

她点点头，仍然大笑着，"那两位大使。"她说。

"那个叫莫里斯的，另一个叫什么名字？"

"费瑟。"

"是的，费瑟，那个小个子，还有莫里斯，后座司机。费瑟和莫里斯。团伙。"

"你认为很有趣？"

"这是一声尖叫。"她又笑了起来，"他们还在四处游荡，我打赌他们已经绕这个街区转了一百圈了。我能听到他们为此大发牢骚，互相抱怨。或许现在他们都还没有握手言和。"

他想，我很高兴她还能笑。很高兴知道她可以淡然处之。但问题是，你不能掉以轻心。你知道，如果她抬起头，他们有可能会发现她。他们并不像她想象的那样愚蠢。他们是专业人士，你必须记住这一点。你必须记住，他们是来找特里的，假设他们一步一步地行动，以跟上你的轨迹，这样他们就可以找到特里，这样他们就能找到克里夫顿，这样他们最终就会伸手抓住他们寻找的东西。总而言之，它在南泽西岛，在森林深处的旧宅地。但当你称它为宅地时，他们给它起了另一个名字。他们称之为藏身之地。

但这是事实，这是一个藏身处，一个完美的藏身处，甚至不在邮局的名单里。你把所有的信都寄给了九英里外那个小镇的一个信箱里。我认为我们正在看到某种模式正在形成。它以圆圈的形式出现。就像当你出发并朝着某个方向移动好使你离它越来越远时,但不知何故,你始终在那个圆圈里被拉来拉去,它会把你拉回到你开始的地方。好吧,我想事情就是这样。在这个城市的通缉名单上,现在你是第一名。现在得出城。去他们永远找不到你的地方吧。这个地方在南泽西岛,在丛林深处。这是克利夫顿、特里共同的藏身之地,只是现在它是克利夫顿、特里、艾迪的藏身之地,臭名昭著的林恩兄弟。

所以就是这样,就是这种模式。纷至沓来的背景音乐,不再是轻柔的音乐了。让你远离尘嚣的并不是梦幻般的对一切都无所谓的音乐。这里的音乐是黄蜂的嗡嗡声。你听到声音越来越大了吗?

那是雪佛兰引擎发出的噪音。汽车正在行驶。女招待瞥了他一眼,好像在等他说什么。他绷紧嘴巴,透过挡风玻璃凝视着前方。他们正在接近富勒街。

他轻声说:"向右转。"

"然后呢?"

"那座桥,"他说,"特拉华河大桥。"

"南泽西岛?"

他点了点头,"那片丛林。"他说。

十四

在卡姆登以南二十英里的泽西岛，雪佛兰驶入了一个加油站。女招待把手伸进上衣口袋，拿出哈里特给她的一周的工资。她要服务生把油箱加满，并买了一些防冻剂，然后她想要防滑链。服务生看了她一眼。他不喜欢干与防滑链相关的工作，因为这会把自己暴露在冰冷的风和雪中。他评论道："就开车来说，这无疑是一个糟糕的夜晚。"她说确实如此，但这是一个销售防滑链的好夜晚。他又看了她一眼。她要他开始安装防滑链。他正修理轮胎时，女招待走进了休息室。出来的时候，从烟机里买了一包烟。上车后，她递给艾迪一支烟，并为他点燃了。他没有说谢谢。他似乎不知道自己嘴里叼着烟。他坐得很直，透过挡风玻璃凝视着前方。

服务生装完了防滑链,走到车窗前,重重地呼吸着,双手合十,吹了一口气。他颤抖着,跺着脚,然后不大友好地看了女招待一眼。他问她是否还有其他想要的东西?她说是,她想让他改善改善挡风玻璃雨刮器什么的。因为雨刮器没有太大的作用。服务生抬头望着冰冷的黑色天空,深深地吸了一口气。然后,他打开发动机罩,开始检查燃油泵和从泵上下来并与雨刮器相连的管路。他调整了一下管路,说:"现在试试。"她试了试雨刷,它们比以前工作得快多了。她付钱给他时,服务生低声说:"你确定你得到了你需要的一切吗?也许你忘了什么。"女招待想了一会儿,然后她说:"我们可以喝一点提神的酒。"服务生跺了跺脚,又颤抖着说:"我也是,女士。"她低头看了看手里的纸币,低声说:"可以匀给我们一点吗?"他有些犹豫地摇了摇头。她给他看了一张五美元的钞票,"嗯。"他说,"我有一品脱的东西。但你可能不喜欢。那是自制的玉米——"

"我要了。"她说。服务生匆匆走进车站的棚屋。他拿着用旧报纸包着的瓶子出来了。他把东西递给女招待,她又把它递给了艾迪。她付了酒的钱,服务生把钱放进口袋,站在车窗边,等她启动发动机,开车离开,从他的生活中消失。她说:"不客气。"然后关上车窗,启动发动机。

防滑链起到了很大的作用，修理过的挡风玻璃雨刮器也一样。雪佛兰的平均时速约为一小时二十英里。现在她不担心打滑或撞到什么东西了，她更用力地踩油门。这辆车开了三十英里，然后是三十五英里。它在公路上向南行驶。风从东南方向，从大西洋吹来，雪佛兰有点好斗地闯进暴风雪里，疲惫的旧发动机对呼啸的暴风雪响亮而挑衅地顶嘴回应。女招待低低地伏在方向盘上，用力踩油门。速度表的指针攀升到四十。

女招待感觉很好。她和雪佛兰交谈着。她说："你想达到五十吗？来吧，你可以达到五十。"

"不，它不能。"艾迪说。他从瓶子里又喝了一杯。他们俩都喝了几杯，瓶子里有三分之一是空的。

"我打赌它能。"女招待说。速度表的指针向四十五攀升。

"别这样。"艾迪说，"你把它逼得太厉害了。"

"它能承受。来吧，亲爱的，给他看。行动。就这样，行动。你坚持下去，你会打破纪录的。"

"它会折断一根棍子，这就是它要做的。"艾迪说，咬牙切齿地。

女招待看着他。

"小心路。"他的声音紧张而低沉。

"你怎么了？"女招待问道。

"小心路。"艾迪发出一声咆哮,"小心该死的路。"

她开始说些什么,忍住了,然后把注意力集中在高速公路上。现在她的脚在油门上踩得轻了点,速度也慢到了三十五。它停留在三十五,而她的手从方向盘上下来,手掌伸向瓶子。他把它递给了她。她喝了一大口还给他。

他看了看瓶子,想知道是否可以再喝一杯。他确定可以。他把头往后仰,一饮而尽。酒倒下去的时候,他几乎尝都不尝。他没有感觉到喉咙里的灼烧感,也没有感觉到酒沿内脏流下来的刺痛感。他喝了一大口,不知道自己咽下去多少。

他喝酒时,女招待瞥了他一眼。她说:"老天呀——"

他从嘴里拿下瓶子。

她说:"你知道你刚才喝了什么吗?我打赌那是双杯,也许是三杯。"

他看也没看她一眼:"你不介意吧?"

"不,我不介意。我为什么要介意?"

"你想喝点吗?"他把瓶子递给她。

"我喝够了。"她说。

他对着瓶子紧张地笑了笑:"这是好酒。"

"你怎么知道?你又不是个酒鬼。"

"我告诉你,这是非常好的酒。"

"你喝醉了吗?"

"不。"他说,"正好相反。这就是为什么我喜欢这里的果汁。"他深情地拍了拍瓶子,"让我脚踏实地。让我实事求是。"

"什么实事求是?"

"稍后告诉你。"他说。

"现在告诉我。"

"还没有准备好,就像烹饪一样。在准备好之前不能上菜。这需要一点火候。"

"你在做饭,好吧。"女招待说,"继续大口喝那消防水,你会把你的大脑烧得筋疲力尽的。"

"别担心,我会开动脑筋。你只管开着这辆车,把我带到我要去的地方。"

她沉默了一会儿,说:"也许我终究要喝一杯。"

他把瓶子递给她。她快速吞了一大口,然后迅速打开车窗,把瓶子扔了出去。

"你为什么那样做?"

她没有回答,用力踩着油门,车速飙升到四十。现在他们不再互相交谈,也没有看对方一眼。后来,在一个环形交叉口,她好奇地瞥了他一眼,他告诉她该走哪条路。他们又安静了下来,直到他们走近一个十字路口。他叫她向左拐。这样就把他们带到了一条狭窄的路上,他们在路上开了大约五英里,当他们接近一个狭窄的三岔路口时,汽车减速了。他让她选择向左倾斜的那条路,车子一个急转弯进入树林。

这是一条崎岖不平的路。那里有很深的坑洞,她把雪佛兰的时速降到了十五英里一小时。高高的雪堆挡住了前轮胎,汽车似乎不时会熄火。她从二挡换到一挡,调整手动油门以保持稳定的汽油供应。汽车驶入了一个很深的坑里,费力地爬起来,然后艰难地穿过另一个高高的雪堆。右边有一条岔路,他叫她走这条路。

他们以每小时十英里的速度前进。这条货车通道很难走。要转很多弯,有些地方几乎看不见路线,都被雪覆盖着。她非常努力地在小路上驾驶着这辆车,避开树木。

汽车慢慢地开着。一个多小时以来,它一直在深入树林的曲折小路上行驶。过了小路之后出现了一片空地。这是一块相当宽的空地,直径约七十五码。前灯在雪地上闪闪发光,露出空地中央那座非常古老的木屋。

"停车。"他说。

"我们还没有到……"

"你听见了吗?"他大声说,"我说停车。"

雪佛兰在空地上向房子驶去。他伸手按在手刹上让车慢了下来。汽车在离房子三十码的地方停了下来。

他把手指放在门把手上，听到女招待说："你在干什么？"

他没有回答，他要下车。

女招待把他拉了回来："回答我……"

"我们分手了。"他说，他没有看她，"你回费城去。"

"看着我。"

他做不到。他想，嗯，酒有点用，但还不够。你应该多喝点那酒。喝多得多的酒。也许如果你把瓶子喝完了，你就可以处理这个事情了。

他听到自己在说："我告诉你怎么去桥那边。你沿着小路走到岔路口——"

"别给我指路，我知道路。"

"你确定？"

"是的。"她说，"是的，别担心。"

他又打算下车，并恨自己这么做。他要自己这样去做，然后一了百了。结束得越快越好。

但是下车是那么难。

"嗯？"女招待平静地说，"你在等什么？"

他转过头来看着她。有什么东西灼伤了他的眼睛。他在无声地说，我想让你和我在一起。你知道我想让我和你在一起。但事实上，没门。

"谢谢你开车送我。"他说完，下车关上了车门。

然后他站在雪地里，汽车从他身边开走，转过身，朝着树林里的小路往回开。

他慢慢穿过空地。在黑暗中，他几乎看不清房子的轮廓。在他看来，那所房子离他几英里远，他还没到那里就会放弃。他在厚厚的雪地里跋涉。雪仍然下着，风刀片一般刮向他的脸，撕裂他的胸部。他想知道自己是否应该在雪地里坐下来休息一会儿。就在这时，手电筒的光束击中了他的眼睛。

光从房屋正面射过来。他听到一个声音说："等一下，伙计。待在原地。"

那是克利夫顿，他想。是的，那是克利夫顿。你知道那个声音。他肯定有枪。你最好非常小心地行事。

他一动不动地站着，把胳膊举过头顶。但手电筒的强光太刺眼了，他不得不把脸转向一边。他想知道自己是否露出了足够多的脸来让人认出他来。

"是我。"他说，"艾迪。"

"艾迪？哪个艾迪？"

当他对着手电筒露出整张脸时，他一直睁大眼睛以防强光。

"哦，我要……"

"喂，克利夫顿。"

"老天。"哥哥说。他拿着手电筒走近了一点，这样他们就可以互相看着对方。

克利夫顿很高，非常瘦。他有一头乌黑的头发和一双蓝色的眼睛，除了伤疤之外，他长得相当不错。他的右脸上有不少伤痕。其中一道伤疤又宽又深，从他眼睛下面的一个地方一直斜向下巴。他穿着一件米色的驼毛大衣，上面有珍珠母纽扣。他穿着法兰绒睡衣。睡衣裤被塞进及膝的橡胶靴里。克利夫顿左手拿着手电筒，右手拿着一把霰弹猎枪，向后搁在前臂上。

他们站在那里时，克利夫顿把手电筒的光线撒在空地上，发现了通往树林的小路。他低声说："你确定只有你一个人吗？那儿有一辆车——"

"她离开了。"

"谁？"

"一个朋友，只是一个朋友。"

克利夫顿一直把手电筒对准空地对面。他眯着眼睛仔细打量着树林边缘的区域，"我希望你没有被跟踪到这儿。"他说，"有人在找我和特里。我想他已经告诉你了。他说他昨晚见过你。"

"他现在在这里？他什么时候回来的？"

"今天下午。"克利夫顿说，然后他轻声笑了起来，"事实上，他进来时全身都受了伤，冻得半死。他声称自己搭了几次车，剩下的路走着回来。"

"穿过那些树林？在那场风暴中？"

克利夫顿又低声笑了："你懂特里的。"

"他现在还好吗？"

"当然，他很好。他给自己做了一顿晚餐，喝了一品脱威士忌，然后上床睡觉了。"

艾迪微微皱了皱眉头："他怎么自己做饭？妈妈在哪里？"

"她走了。"

"她走了是什么意思？"

"和爸爸在一起。"克利夫顿说，他耸耸肩，"几周前，他们就打包好行李离开了。"

"他们去了哪里？"

"我知道就好了，我们没有他们的消息。"克利夫顿耸耸说，"嘿，我在这里快要冻僵了。我们进屋吧。"

他们走过雪地进了屋子。在厨房，克利夫顿在炉子上放了一个咖啡壶。艾迪脱下大衣，把它放在椅子上。他把另一把椅子拉向桌边坐下。

这把椅子的腿不牢固，托座松了，在他的重压下塌陷了。他看了看厨房地板上的碎木板，又看了看墙上碎裂的灰泥。

厨房里没有水槽。灯光来自煤油灯。他看着克利夫顿把一根点燃的火柴放在老式炉子里的大块木头上。他想，这里没有煤气管道。这所房子里没有水管和电线。没有任何一件将它与外界联系起来的东西。这使它十分可靠，万无一失。这是一个藏身之处，好吧。

炉子点着了，克利夫顿走到桌子旁坐下。他拿出一包烟，熟练地弹了弹，两支烟就露了出来。艾迪拿了一支。他们抽了一会儿烟，什么也没说。但是克利夫顿疑惑地看着他，等着他解释他为什么会在这里。

艾迪还没准备好谈论这个。有一段时间，不管怎样，有一小段时间，他想忘记。他长长地抽了一大口烟，说："告诉我关于爸爸妈妈的事。他们为什么要离开？"

"别问我。"

"我问你是因为你知道。他们离开时你就在这里。"

克利夫顿靠在椅子上，抽着烟，什么也没说。

"你把他们赶走了。"艾迪说。

哥哥点点头。

"你只是把他们赶出门外，"艾迪厉声说，"就像这样。"

"不完全是。"克利夫顿说,"我给了他们一些现金。"

"是吗?太好了。你真是太好了。"

克利夫顿温柔地笑了笑:"你以为我想这么做吗?"

"关键是——"

"关键是,我必须这么做。"

"为什么?"

"因为我喜欢他们。"克利夫顿说,"他们都是安静的好人。这里不适合安静的好人。"

艾迪使劲抽着烟。

"还有一个原因是,"克利夫顿说,"他们不能抵挡真的子弹。"他在椅子上改变了姿势,侧身坐着,双腿交叉,"即使他们能抵挡子弹,也无济于事。他们已经老了,不能再像这样承受过于刺激的生活了。"

艾迪瞥了一眼地板上那把亮晶晶的黑色霰弹猎枪。它就搁在克利夫顿的脚边。他抬头看了看克利夫顿头顶上的一个架子,架子上有一把类似的枪、几把较小的枪和几盒弹药。

克利夫顿说:"这里会有战斗。我希望它不会发生,但我能感觉到它即将到来。"

艾迪继续看货架上的枪支和弹药。

"迟早。"克利夫顿说,"我们迟早会有访客的。"

"开别克车？"艾迪低声说，"一辆淡绿色别克？"

克利夫顿皱眉蹙额。

"他们在附近走动。"艾迪说。

克利夫顿把手伸过桌子，抓住艾迪的手腕。这不是一个挑衅的举动，克利夫顿不得不抓牢某件东西。

克利夫顿用力眨眼，似乎想把注意力集中在艾迪的脸上，以完全理解艾迪在说什么："谁在附近？你在说谁？"

"费瑟和莫里斯。"

克利夫顿松开了艾迪的手腕。这里安静了将近一分钟。克利夫顿吸了一口烟，猛地把它吐了出来，然后咬牙切齿地说："那个特里，那个该死的愚蠢的特里。"

"那不是特里的错。"

"别为他找借口。他以前就是个白痴。他总是以这样或那样的方式把事情搞砸。但这次的局面比以前更甚。"

"他陷入了困境——"

"他总是陷入困境。你知道为什么吗？他就是不能把事情做好，这就是为什么。"克利夫顿又猛吸了一口烟，"他让他们尾随他，难道还不够糟糕。他又傻乎乎地把你拖进去了。"

艾迪耸耸肩："没办法。这只是其中的情形之一。"

克利夫顿说:"给我坦率地把这件事情说清楚。他们怎么会抓住你?你怎么现在在这里?给我讲讲线索。"

艾迪给他讲了,讲得简洁明了。

"就是这样。"他说完,"我唯一能做的就是来这里。没有其他地方可去。"

克利夫顿凝视着一边,慢慢地摇头。

"要怎样?"艾迪问道,"要让我留下来吗?"

克利夫顿深吸了一口气,"该死。"他喃喃自语,"见鬼去吧。"

"是的,我知道你的意思。"艾迪说,"你肯定需要我在这里。"

"就像风湿病一样,你是个炙手可热的人:费城想要你,宾夕法尼亚州想要你,他们接下来要做的就是给华盛顿打电话。你越过了州界线,这使它们成为盟友。"

"也许我最好——"

"不,你不要。"克利夫顿插话道,"你要留下来。你必须留下来。当你是盟友的时候,你不能做轻微动作。它们太狡猾了。只要你动一动,它们就会像镊子一样夹在你身上。"

"我很高兴你这么说。"艾迪低声说。他没有考虑自己,也没有考虑克利夫顿和特里。他的心思集中在女招待身上。他想知道她是否能安全回到费城,并把偷来的车送回停车场。如果那样的话,她会没事的。

他们不会打扰她。他们没有理由质疑她。他一直告诉自己一切都会好起来的,但他一直在想着她,担心她会遇到麻烦。请不要,他对她说,请别惹麻烦。

他听到克利夫顿说:"真是选了一个好时机来。"

他抬头看了看,耸耸肩,什么也没说。

克利夫顿说:"情况真是糟透了。一边是这个团伙在找我和特里。另一边是警察,在找你。"

艾迪又耸耸肩:"不管怎样,回家真好。"

"是的。"克利夫顿苦笑着说,"我们应该庆祝一下。"

"这是个适当的机会,好吧。"

克利夫顿说:"这是一种悲伤,这就是事实。它是……"然后他强迫自己不去想它。他咧嘴一笑,把手伸到桌子对面,打在艾迪的肩膀上。

"你知道吗?很高兴再次见到你。"

"我也一样。"艾迪说。

"咖啡沸腾了。"克利夫顿说。他站起来走向炉子,然后拿着装满的杯子回来,把它们放在桌子上,"吃点东西怎么样?"他问道,"想吃点东西吗?"

"不。"艾迪说,"我不太饿。"

他们坐在那里啜饮着无糖的黑咖啡。克利夫顿说:"关于这位女士的事你没怎么告诉我。给我更多她的情况吧。"

"哪位女士?"

"那位把你带到这里来的女士。你说她是个女招待——"

"是的。在我工作的地方。我们互相了解了。"

克利夫顿聚精会神地看着他,等他告诉更多的事。

安静了一会儿。他们继续喝着咖啡。然后克利夫顿说了一些话,他只能含糊地听着,由于女招待的缘故,他无法专心听。他直视着克利夫顿,似乎在密切关注克利夫顿的话。但在他心里他还和女招待在一起。他和她一起走,他们要去某个地方。然后他们停了下来,他看着她,让她离开。她开始走开。他去追她,她问他想要什么。他叫她离他远点。她走开了,他迅速跑过去,追上了她。然后他又叫她走开,他不想让她在身边。他站在那里看着她离去。但他无法忍受,于是又追了上去。现在,她非常耐心地要他决定他们应该怎么做。他告诉她请走开。

克利夫顿告诉他过去几年发生的某些事件,最终特里去了费城,去了码头街,特里试图在码头结交一些新朋友,他曾经在那里做过码头装卸工,情况差不多就这样。特里想要克利夫顿和他自己坐船去。他们需要乘船离开大陆,远离寻找他们的人。

寻找他们的人是某个非法无执照公司的成员。这是一家在东海岸沿线经营的大型公司，经营违禁商品，如从欧洲走私的香水、从加拿大走私的毛皮等。克里夫顿和特里受雇于该公司，他们被分配到一个部门，负责处理业务中需要体力的活，包括劫持和勒索，有时还从事消灭竞争对手所需的行动。

克利夫顿说，大约十四个月前，他明确了自己和特里的努力没有得到足够的补偿。他已经和公司的某些高管谈过此事，他们告诉他没有理由抱怨，他们没有时间听他的抱怨。他们明确表示，今后他将远离前厅部。

当时公司的前厅部设在乔治亚州的萨凡纳。他们总是根据高管和某些港口当局之间是否有善意或缺乏善意，将管理部门的位置从一个港口换到另一个港口。萨凡纳正在进行一项调查，公司高层正准备前往波士顿。因为调查人员动作迅速，他们必须尽快离开，当然就出现了一些混乱局面。在混乱中，克利夫顿和特里辞去了公司的职务。他们辞去职务的时候，带走了一些东西，还拿走了几十万美元。

他们从前厅部所在仓库的保险箱里拿走了这些钱，这一切都是在深夜干的。他们很随便地走进来，和三个正在玩皮诺奇乐的同事聊天。他们出示了枪支，其中一名打牌的人为自己采取行动，特里踢了他的腹股沟，然后用枪托狠狠地打他的头部，将他干掉。另外两名打牌的人是费瑟和莫里斯，当特里举起枪再次使用枪托时，莫里斯汗流浃背，费瑟语速很快地提出了一个建议。

费瑟提出四个人干比只有两个人干这个更好。如果有四个人离开，该公司将面临一个严重的问题。费瑟指出，追踪四个人要比追踪两个人困难得多。费瑟说，他和莫里斯对公司给他们的待遇很不满意，如果有机会离开他们会很感激。费瑟继续说着，克利夫顿仔细考虑这个提议，而特里则用乙炔吹管打开保险箱。克利夫顿确信费瑟说得很有道理，这不仅仅是为了活下去而做出的疯狂努力。此外，费瑟是个有脑子的人，从现在起，需要保持清醒的头脑，比特里清醒得多。克利夫顿推断，另一个因素是潜在的枪支处理需求，它属于莫里斯的领域。他知道莫里斯能熟练运用枪，从三八到汤姆森。于是他们带着费瑟和莫里斯，把钱放在手提箱，一起走出仓库。

在从乔治亚州向北到新泽西州的路上，他们以相当高的速度行驶。在弗吉尼亚州，公司的一些人发现他们了，彼此之间进行了一场追逐和交锋，莫里斯证明了自己相当有用。另一辆车因前轮胎被刺破而被拦下，后来，在马里兰州的一条岔道上，莫里斯阻住了另一次公司行动，他从后窗探出身来，向七十码外的道路发射子弹，穿过挡风玻璃，射进司机的脸上。后来他们与公司没有发生进一步的交锋，那天晚上他们正过桥进入新泽西州南部，费瑟车开得很好。克利夫顿告诉他该怎么转弯，费瑟不停地问他们要去哪里。莫里斯也问他们要去哪里。

克利夫顿说，他们要去一个可以隐藏一段时间的藏身之处。费瑟想知道这个地方是否足够安全。克利夫顿说，要描述这个地方的话，只能说它离最近的城镇很远，在丛林深处，很难找到。费瑟不停地问问题，克利夫顿很快就意识到问题太多了，他让费瑟停车。费瑟看了他一眼，然后瞥了与特里一起坐在后座的莫里斯一眼。莫里斯去拿他的枪时，特里发起攻击，一拳打在他下巴上，把他撞倒了。费瑟试图下车，克利夫顿抓住他并搂紧他，而特里在他的耳朵下面的下巴上来了一记。然后费瑟和莫里斯在路上睡着了，汽车就开走了。

克利夫顿说："本该掉头回来碾过他们的。应该考虑一下如果让他们活着会发生什么。结果证明，他们肯定一直都在耍滑头。费瑟是个能说会道的人。他一定知道该告诉公司什么。我猜他说这是一笔暴力交易，他们别无选择，他们必须一起乘车。所以公司再次接纳了他们。但没有完全接纳，还没有。首先他们必须找到我和特里。他们似乎还在试用期。他们知道他们必须努力才能再次站稳脚跟。"

克利夫顿又点了一支烟。他继续说。他谈到了特里愚蠢的战术，以及他自己让特里去费城的错误。

克利夫顿说："有一种感觉，他会把事情搞砸的。但他发誓说他会小心的。他一直对我讲述他在码头街的朋友们，他认识的所有船长，以及操作起来有多容易。一直在向我推销这个想法，最后我买下了它。

我们上车,我开车送他去贝尔维尔,这样他就可以坐公共汽车去费城了。仅凭这一步,我就应该检查一下我的头脑。"

艾迪坐在那里,眼睛半闭着。他还在想着那个女招待。他告诉自己停止想她,但他无法停下来。

克利夫顿说:"所以现在不出游了。只是坐在那里,想知道会发生什么,什么时候发生。有时我们会出去猎兔。这个很不错。我们的境况不比兔子好。至少它们能跑。还有鹅、大雁。天啊,好羡慕那些鹅啊。"

"我要告诉你一件事。"他继续说道,"当你不能行动的时候,那真的很可怕,也很麻烦,早上你讨厌醒来,因为没有地方可去。我们过去常常开玩笑,我和特里。它真的让我们笑了。我们有二十万美元去投资,这可不是闹着玩的。甚至在婆娘那里,有些夜晚我非常渴望一个婆娘……"

克利夫顿想了一会儿接着说:"我告诉你,不是没有办法生活。只是日复一日地重复每天的生活。除了每周开车九英里去贝尔维尔买一次食物。每次我开那趟车,我都几乎会尿裤子。每次后视镜里出现了一辆车,我就不停地想一定是他们了,一定是公司的某辆车,我被发现了,他们现在找到我了。在贝尔维尔,我努力假装冷静,但我发誓这并不容易。如果有人看我两眼,我就打算去拿枪。嗨,这倒提醒了我——"

克利夫顿从桌子边站起来。他把手伸到架子上，去拿那些各种各样的枪，选了一把三八左轮手枪。他检查了一下，然后打开其中一个弹药箱，给枪上膛递给艾迪，"你需要这个。"他说，"随身携带着。永远不能没有它。"

艾迪看了看手里的枪。这对他没有任何影响。他把它塞进大衣，放进夹克的侧口袋里。

"把它取出来。"克利夫顿说。

"这把枪？"

克利夫顿点点头："把它从口袋里取出来。让我看你把它取出来。"

他漫不经心地把手伸到大衣下面，然后把枪拿在手里，他把枪给克利夫顿看。

"再试一次。"克利夫顿微笑着对他说，"把它放回原处再拿出来。"

他又做了一次。感觉枪很重，他拿起来很不自在。克利夫顿轻声笑了起来。

"想看点什么吗？"克利夫顿说，"看着我。"

克利夫顿转过身，向炉子走去。他双手放在两侧。然后他站在炉子旁，将右手伸向咖啡壶。当他的手指碰到咖啡壶的把手时，他驼毛外套的黄褐色袖子上一道焦糖色彩掠过，几乎在同一瞬间，他的右手拿着一把枪,稳稳地,手指扣在扳机上。

"明白了吗?"克利夫顿低声说。

"我想这需要练习。"

"每天都练。"克利夫顿说,"我们每天至少练习一个小时。"

"练习开枪?"

"树林里,"克利夫顿说,"任何移动的东西。黄鼠狼、老鼠,甚至群鼠。如果它们不出现,我们就用其他目标。特里扔了一块石头,我就抽出枪,试图击中它。有时是锡罐。如果用锡罐,我们就进行远射程练习。我们做了很多远射程练习。"

"特里有什么擅长的吗?"

"他很讨厌,他学不会。"

艾迪低头看了看手里的枪。现在感觉不那么重了。

克利夫顿说:"我希望你能学会。你觉得可以吗?"

艾迪举起枪。他想起了缅甸。他说:"我想可以。我以前干过这个。"

"是的。我忘了。我一不留神给忘了。你赢过一些奖牌。你逮住过很多敌人?"

"几个。"

"有多少?"

"嗯,主要是用刺刀。除了狙击手。与狙击手一起,我喜欢四十五口径的手枪。"

"你要四十五口径的手枪吗？我这儿有两支。"

"不，这没关系。"

克利夫顿说："最好有一支，这不是为了获奖。"

"你认为很快就会用上吗？"

"谁知道？也许现在起一个月后，也许一年后，也许明天。谁知道呢？"

"也许不会发生。"艾迪说。

"这肯定会发生，它已经排上日程。"

"你懂的，有可能你错了。"艾迪说，"这个地方不好找。"

"他们会找到的。"克利夫顿喃喃自语。他正盯着窗户。遮阳帘放下来了。他斜靠在桌子对面，稍稍掀开遮阳帘，向外看去。他继续打开遮阳帘，待在那里向外看，艾迪转过身来看看他在看什么。外面什么都没有，只有被雪覆盖的空地，然后是树林里的白色树木，然后是黑色的天空。厨房里的灯光照亮了柴棚、厕所和汽车。这是一辆灰色的帕卡德轿车，看起来很贵，它的铬非常亮，格栅在积雪的引擎盖下露了出来。好车，他想，但一点也不值钱。它没有装甲板。

克利夫顿放下窗帘，离开了桌子。

"你确定你不饿吗？"他问道，"我可以帮你做点什么——"

"不饿。"艾迪说。他的胃感觉很空,但他知道自己什么都吃不下,"我有点累了。"他说,"我想睡一觉。"

克利夫顿拿起霰弹猎枪,放在腋下,他们走出了厨房。客厅里还有一盏煤油灯,它被点亮了,闪烁的微光照出了一块粗糙的地毯,一张很旧的沙发,还有两把扶手椅,它们甚至比沙发还旧,如果坐在上面,看起来好像会塌陷。

还有那架钢琴。

还是那架钢琴,他想,看着那在昏暗的黄光中显得有些像幽灵一样的碎裂的立柱。那破旧的键盘就像一副腐烂弯曲的牙齿,有些地方的象牙脱落了。他站在那里看着它,没有意识到克利夫顿在观察他。他走向键盘,伸手去摸。然后有什么东西把他的手拉开了。他的手伸进大衣下面,伸进夹克的口袋,他感觉到了枪的全部重量。

那又怎样?他问自己。回到现在,让我们总结一下。他们拿走了钢琴,给了你一把枪。你想做音乐,从现在这种情况来看,你已经不再与它打交道了,完全不再。从这里开始打交道的就是这把枪。

他从口袋里掏出这把三八枪。很容易、很顺利地掏出来了,举起它时也很高效。

他听到克利夫顿说:"太好了。你很快就掌握了。"

"也许它喜欢我。"

"它当然喜欢你。"克利夫顿说,"从现在起,它是你最好的朋友。"

他把枪稳稳地拿在手里,抚摸着它,然后把它放回口袋,跟着克利夫顿走向摇摇晃晃的楼梯。克利夫顿拿着煤油灯,他们往上爬时那些松动的木板嘎吱作响。在楼梯顶端,克利夫顿转过身来,递给他灯,说:"想叫醒特里吗?让他知道你在这里?"

"不。"艾迪说,"让他睡吧。他需要睡觉。"

"好吧。"克利夫顿在大厅里做手势,"你住里屋去。床已经整理好了。"

"同一张床?"艾迪低声说,"那个弹簧坏了的床?"

克利夫顿凝视着他:"你记得?"

"我应该记得。我出生在那个房间里。"

克利夫顿慢慢点了点头:"你在那个房间住了十二三年。"

"十四。"艾迪说,"他们带我去柯蒂斯的时候我十四岁。"

"哪个柯蒂斯?"

"那个学院。"艾迪说,"柯蒂斯音乐学院。"

克利夫顿看着他,开始说些什么,但欲言又止。

他对着克利夫顿咧嘴笑了。他说:"还记得弹弓吗?"

"弹弓?"

"还有豪华轿车。他们开着豪华轿车来接我,那些是来自柯蒂斯的人。然后在树林里,你和特里用弹弓向汽车发射。那些人不知道你们是谁。其中一个女人对我说:'他们是谁?'我说:'你说的是那些孩子吗,女士?那两个男孩?'她回答说:'他们不是男孩,他们是野生动物。'"

"你怎么说?"

"我说:'他们是我的兄弟,女士。'当然,她会尽量转弯抹角,开始谈论那个学院,说它是一个多么美妙的地方。但那些石头一直还在往车上砸,好像你在告诉我些什么,告诉我真的无法逃离,告诉我这只是时间问题,总有一天我会回来住的。"

"和野生动物在一起。"克利夫顿对他微微一笑。

"你一直都知道吗?"

克利夫顿慢慢地点点头:"你一定会回来。你是同类,艾迪。与我和特里一样。这是与生俱来的。"

是的,艾迪想。这是铁板钉钉的。有什么问题吗?有一个问题。野性,我的意思是。我们从哪里得到它的?我们不是从爸爸妈妈那里得到的。它跳过了他们。有时会这样。可能跳过一百年、几百年或更久,然后它再次出现。

他从克利夫顿身边走过,迎着冰雹走到后室,轻声地笑着。然后他脱了衣服,站在窗前向外看。雪已经停了下来。他打开窗户,风进来了,现在还没有发出呼啸声。它更像是一条缓慢的溪流。但是天气仍然很冷。天气冷的时候很好,他想。正好可以睡觉。

他爬上松垂的床,溜进一张破损的床单和一床破旧的被子之间,把枪放在枕头下面。然后他闭上眼睛开始入睡,但有什么东西用力拉拽他的大脑,这种情况又发生了,他在想女招待。

走开,他对她说,让我睡吧。

然后出现一条隧道,她在黑暗中消失了,他追了上去。隧道是无尽的,他不停地叫她走开,然后听到离去的脚步声,他追着她跑,叫她走开。她无声地对他说:"你决定吧。"他说:"我怎么能?这不像用头脑在思考。头脑与此无关。"

睡觉去吧,他对自己说。但他知道努力是没有用的。他睁开眼睛坐了起来。房间里很冷,但他没有感觉到。时间一分一秒地过去了,他没有意识到时间,甚至当窗外显露出灰色、浅灰色,最后变成明亮的灰色时,他也没有意识到。

九点多的时候,他的兄弟们进来,看到他坐在那里盯着窗户。他和他们聊了一会儿,不确定谈话内容是关于什么的。他们的声音似乎很模糊,他半闭着的眼睛透过窗帘看到了他们。特里给他一品脱饮料,他喝了,根本不知道是什么。

特里说:"你想起床吗?"然后他开始爬下床。克利夫顿说:"还早呢。

我们都回去睡觉吧。"特里同意了,说睡一整天都可以。他们走出房间,他坐在床边,看着窗户。他太累了,不知道自己如何才能一直睁着眼睛。后来,他把头枕在枕头上,努力入睡,但他的眼睛一直睁着,他的思绪不断地外延伸,寻找女招待。

十一点左右,他终于睡着了。一个小时后,他睁开眼睛看着窗户。正午阳光的耀眼光芒被雪反射进来,照得他直眨眼。他从床上爬起来,走到窗前,站在那里向外看。外面阳光明媚,雪闪着黄白色的光,穿过空地可以看到结满了冰的树像珠宝一样闪闪发光。非常漂亮,他想。冬天的树林非常美丽。

外面有东西在动,有东西在树林里走,朝空地走去。它走得很慢,很犹豫,几乎算是偷偷摸摸。它慢慢经过树林,靠近空地时,一道阳光暴露了它,照亮了它,并识别出了它。他摇摇头,揉了揉眼睛,又看了一眼,它就在那儿。他想,这不是幻觉,也不是一厢情愿。这是真的。你看到它就知道它是真的。

"走出去。"他自言自语地说。快出去叫她走开。你得让她离这所房子远点。因为它不是一所房子,它只是被猎杀的动物的巢穴。她跌跌撞撞地进来,永远也走不出去。他们不会让她出去。出于安全考虑,他们会把她拘留在这里。也许他们已经发现她了,你最好拿着枪。他们是你亲爱的兄弟,但我们对此看法不同,该死的你最好拿起枪。

现在他穿好了衣服,从枕头下掏出枪,放在夹克口袋里,然后穿上大衣,走出房间。他悄悄又匆匆地走下大厅,然后走下台阶,从后门走了出去。雪积得很厚,他心烦意乱地穿过雪层,飞快地穿过空地,向女招待跑去。

十五

她靠在一棵树上等着他。当他走过来时,她说:"你准备好了吗?"

"准备好什么?"

"旅行。"她说,"我带你回费城。"

他皱着眉头,眨了眨眼,眼睛里闪过一些疑问。

"你被证明无罪了。"她告诉他,"写在了档案里。他们说这是一起事故。"

他眉头皱得更深了:"你给我带来了什么?"

"一个消息。"她说,"来自哈里特和哈里特酒吧的那些常客。"

"他们支持我?"

"一直都是。"

"警察呢?"

"警察相信了。"

"相信什么?他们不相信道听途说的证据。这需要证人。我没有证人——"

"你有三个证人。"

他瞪着她。

"三个,"她说,"来自哈里特酒吧的。"

"他们看到事情的发生了吗?"

她微微一笑:"不完全是。"

"你告诉他们该说什么了吗?"

她点点头。

然后他有点明白了。他看到女招待在里面劝说,先是和哈里特交谈,然后一大早就出去召集其他人,按门铃。他看到他们都聚集在哈里特酒吧里,女招待告诉他们情况和必须做什么。他想,就像一个连长。

"都有谁呢?"他问道,"谁自愿的?"

"他们全部都是。"

他深吸了一口气,空气进来时多少有点颤抖。他的喉咙感觉有点堵,无法说话。

"我们觉得三个就够了。"女招待说,"超过三个,看起来就有点假。我们必须确保供词能协调一致。我们是这么做的,我们挑选了三个有警方记录的人。他们是因为赌博,列在著名的掷骰子手名单上。"

"为什么找掷骰子的人?"

"这看起来会诚实一些。首先,他们得解释为什么不立即告诉警察。原因是,他们不想因为赌博而被抓。另外,按照我们的安排,他们在楼上,在后面的房间里。警察想知道他们在上面做什么,他们有一个完美的答案,他们正在就骰子进行私人聊天。"

"你向他们简要介绍了这件事吗?"

"我不知道我们演练了多少次。今天早上七点半,我想他们已经准备好了。所以他们去警察面前透露情况,然后在声明上签字。"

"比如?如何声明的?"

"后室的窗户有我们需要的角度。从窗户往下看,你可以看到后院。"

"足够近吗?"

"差不多。所以他们告诉警察的情况是,他们在地板上吹牛,听到楼下传来的骚动。一开始他们没在意,掷骰子游戏正活跃,他们下了很大的赌注。但后来从楼下传来的声音很糟糕,你把他追到巷子里时,他们听到门发出砰的一声。他们走到窗前向外看。你觉得这说得通吗?"

"它确实成立。"

"他们像演一场接一场的戏一样展示给了警察，就像你告诉我的那样。他们说他们看到你把刀扔掉，试图和他说话，但他不听，他有点失控了，跳了进来。然后他就紧紧抱着你，就抱得太紧的样子来看，你不会活着出来的。他们说你抓住了那把刀，试图插在他的手臂上，把他从你身上弄下来，就在这时，他猛转过身来，刀片插进了他的胸部。"

他凝视着她："就这样？我真的无罪了吗？"

"完全。"她说，"他们撤销了所有指控。"

"他们扣留了掷骰子的人？"

"没有，只是骂他们的名字。骂他们该死的骗子，把他们赶出车站。你知道与警察打交道是怎么样的。如果他们不能坚持下去，他们就会放弃。"

他看着她："你怎么来的？"

"乘这辆车。"

"雪佛兰？"又皱着眉头，"你的女房东会……"

"没事的。"她说，"这次是租来的。我塞给她几块钱，她很满意。"

"原来如此。"但他仍然皱着眉头，他转过身，望着空地对面的房子，他专注地看着楼上的窗户，低声问，"车在哪里？"

"在后面。"她说,"在树林里。我不想让你们的人看到。我想如果他们发现我,事情可能会变得复杂。"

他继续看着房子:"事情已经很复杂了。没有告诉他们的话我是不能离开的。"

"为什么不?"

"是的,毕竟……"

她抓住他的胳膊:"来吧。"

"我真的应该告诉他们。"

"让他们见鬼去吧。"她用力拉他的胳膊,"来吧,好吗?我们从这里出去吧。"

"不。"他喃喃自语,仍然望着房子,"首先我得告诉他们。"

她不停地拉他的胳膊:"你不能回那里去。那是一个藏身之处。我们都会被拖进去的——"

"你不会。"他说,"你在这儿等着。"

"你会回来吗?"

他转过头来看着她:"你知道我会回来的。"

她放开了他的胳膊。他开始穿过空地。他想,这不会花很长时间。我会告诉他们事情的真相,他们会理解的,他们会知道没有什么可担心的,这仍然是一个藏身之处。但另一方面,你了解克利夫顿。你知道他的思考方式，他的行事方式。严格来说，他是个专业人士。专业人士不会冒险。特里不同，他比较随和一些，你知道他会按你的方式看这件事情。我希望能说服克利夫顿。不过,不是恳求。不管你做什么,都不要恳求他。只要告诉他你正要与女招待一起离开，并向他保证她会守口如瓶。如果他说不呢？如果他出去把她带到家里，告诉她她得留下来怎么办？如果真是这样的话，我们必须做点什么。也许事情不会变成那样。无论如何，让我们希望如此。让我们看看事态能否一直保持乐观。当然，这样更好。沿着愉快的路线思考，告诉自己一切都会好起来的，你不需要枪，这很好。

他穿过一大半空地，并迅速走过雪地，正朝着房子的后门走去，门离他大约六十英尺远，然后又离他五十英尺远，这时他听到了汽车的声音。

甚至在他转身看之前，他就在想，那不是雪佛兰要离开发出的声音。那是一辆别克车进来了。

他转过身来，眼睛注视着树林的边缘，马车道上有一辆淡绿色的别克。汽车开得很慢，被雪挡住了去路。然后它猛地一跳，轮胎发出刺耳的声音，雪花飞溅，现在它来得更快了。

他们跟踪了她，他想。他们从费城就跟踪她。保持他们的距离，以免在后视镜中暴露了他们。给他们一分。这是一个不寻常的一分，这是肯定的,也许这是一个大满贯。

他看到费瑟和莫里斯下车。莫里斯绕着汽车转了一圈,走到费瑟面前,他们站在那里交谈。莫里斯指着房子,费瑟摇着头。他们把注意力集中在房子的前面,他知道他们没有看到他。但他们会的,他想。你再做一个动作,就会被发现。这次没有商量,也没有准备。这一次你在查讫单上,他们不会让你挡道的。

当然,你需要的是一个狐狸洞。它现在肯定能派上用场。或者一双短跑运动员的腿。或者更好的是,一对翅膀。但我想你会勉强接受这场雪的。雪看起来够深了。

他蜷缩着,然后肚子朝下趴在雪地里。在他的面前是一堵白墙。他用手指擦了擦,打开了一个缝隙,他透过它看了看,看到费瑟和莫里斯仍然站在车旁争论。莫里斯不停地向房子做手势,费瑟在摇头。莫里斯开始朝房子走去,费瑟把他拉了回来。他们现在大声说话,但他听不清他们在说什么。他估计他们在六十码外。

你离后门大约十五码,他对自己说。想试试吗?你有一个机会成功,但考虑到莫里斯,机会不大。你还记得克利夫顿说过莫里斯和他的持枪能力吗?我想我们最好再等一段时间,看看他们会怎么做。

但是她呢?你忘了她?不,不是这样的,你非常清楚不是这样的。只是你确信她会动脑筋,待在原地。她待在那里会没事的。

然后他看到费瑟和莫里斯从车上取东西。那些东西是汤姆森冲锋枪。费瑟和莫里斯向房子走去。

但这行不通,他对他们说。这就像把所有的东西都押在一张牌上,希望能抛出一个同花顺。也可能是你太焦虑了,你等了很长时间,再也等不下去了。无论是什么原因,这都是一个战术错误,实际上是一个愚蠢的错误,你很快就会发现。

你确定吗?他问自己。你真的确信他们会失败吗?最好再看一眼,实事求是地去安排。我想克利夫顿和特里在床上睡着了,当然你希望他们听到汽车从树林里开出来时的声音,而且他们没有睡着。但这只是希望,只有希望是不够的。如果他们还在睡觉,你就得叫醒他们。

你必须现在就去。马上,毕竟,你离后门只有十五码。如果你爬上去——不,你不能爬。你没有时间爬。你得跑。好吧,我们跑吧。

他站起身来,飞快地向后门跑去。他刚跑不到五码,就听到汤姆森冲锋枪开枪的声音,看到眼前几英尺外的雪被刺穿了。

不行,他告诉自己。你永远也成功不了。你必须假装你被击中了。当这个想法在他的脑海中闪过时,他已经假装晕倒似的倒下了。他撞上了雪,翻了个身,然后侧身躺下,一动不动。

然后他听到另一阵枪声从楼上的窗户传来。他抬头看到克利夫顿,手里拿着霰弹猎枪。过了一会儿,特里出现在另一个窗口。特里当时用的是两把左轮手枪。

他咧嘴一笑,心想:好吧,不管怎样,你做到了。你设法把他们吵醒了。他们现在真的醒了。他们完全醒了,而且非常忙碌。

费瑟和莫里斯正跑回汽车边。费瑟的腿好像被击中了。他瘸了。莫里斯转过身来,对着特里的窗户开了一枪。特里丢下一把左轮手枪,抓住他的肩膀,躲开了他的视线。然后莫里斯瞄准克利夫顿,开始凌空扫射,克利夫顿迅速掩护。这一切发生得很快,费瑟跪在别克车后面,把它当作盾牌。莫里斯靠近房子,又向楼上的窗户发射了一次炮弹,摇晃着汤姆森冲锋枪,尽可能多地把子弹射上去。现在房子里压根儿没有人开枪。莫里斯不停地向楼上的窗户扫射。费瑟对他狂呼乱叫,他放下枪,向后朝别克车走去。他站在别克车的侧面,汤姆森冲锋枪仍然低放着,但当他抬头看着车窗时,似乎已经做好了准备。

过了一会儿,后门开了,克利夫顿跑了出来。他提着一个黑色的小手提箱,朝着停在木屋附近的灰色帕卡德跑去。他走近汽车时,脚被绊了一下,行李箱打开了,一些纸币掉了出来。克利夫顿弯下腰把它捡起来。莫里斯没有看到这种情况的发生。他仍然看着楼上的窗户。现在克利夫顿又把手提箱关上,正爬进帕卡德号。然后,特里一只手拿着一把霰弹猎枪和一把左轮手枪,另一只手抓着他的肩膀,从后门出来,和克利夫顿一起坐进了帕卡德里。

马达启动，帕卡德飞快加速，从房子后面出来，绕了一个大圈，用防滑链轮胎全力牵引，穿过雪地，汽车现在高速穿过空地，朝通往丛林的马车道开过去。莫里斯再次使用汤姆森冲锋枪，但他有点不安，屡射不中。他朝轮胎开了一枪，可他太矮了。然后他朝着前侧车窗开了一枪，击中了后侧车窗。费瑟对他大喊大叫，不停地向帕卡德射击，边朝着帕卡德跑去，帕卡德从他身边飞驰而去，他对着帕卡德尖叫，声音沙哑而不自然，汤姆森冲锋枪仍在扫射，但由于无法瞄准而不再有用，他太沮丧了。

费瑟沿着别克车的侧面爬行，打开车门，爬到方向盘后面。莫里斯停止了奔跑，但仍在向帕卡德射击。在帕卡德上，特里探出头来，用霰弹猎枪回击。莫里斯大叫一声，放下汤姆森冲锋枪，开始跳来跳去，左臂来回摆动着，手腕和手成了鲜红色，红色还在滴落。他不停地跳来跳去，发出很大的声音。然后，他用右手拔出一把左轮手枪，朝帕卡德开了一枪，帕卡德穿过空地，驶向货车通道。射程很广，然后帕卡德就沿货车道开走了。

费瑟打开别克车的后门，莫里斯爬了进去。别克车急转弯，向着货车道追赶帕卡德。

艾迪坐了起来。他向旁边看去，看到女招待从树林边跑了出来。她飞快地穿过空地，他挥手让她回去，要她留在树林里，直到别克车不见再出来。现在别克车的速度稍微慢了一点,他知道他们看到了女招待。

他把手伸进夹克口袋,掏出三八手枪。他用另一只手不停地向她挥手要她回去。

别克车停了下来。费瑟正在用汤姆森冲锋枪向女招待开枪。艾迪盲目地向别克开了枪,无法瞄准,因为他没有考虑击中任何东西。他不停地扣动扳机,希望能让汤姆森冲锋枪离开女招待。他的第四枪引诱汤姆森冲锋枪瞄准他的方向。他感觉到子弹的嗖嗖声从他的头上掠过,他开了第五枪,让汤姆森集中射击他,远离她。

他现在看不见她了,他正全神贯注地看着别克。汤姆森停止了射击,别克又开动了。它加速驶向货车道。他想,他们想追逐的是帕卡德,他们要去追帕卡德。他们会得手吗?这真的没关系。你甚至都不想去想。你得去想她。因为你现在看不到她了。你在看,却看不见她。

她在哪里?她回到树林了吗?当然,事情一定是这样的。她跑回去了并等在那儿。所以好了。你现在可以去找她了。黄蜂不见了,很高兴知道你可以放下枪去找她了。

他放下三八枪,开始在雪地里行走。一开始他走得很快,但后来他放慢了速度,然后非常慢地走过去。最后,他停下来,看了看深雪中半藏着的东西。

她俯卧在那里。他跪在她身边说了些什么，她没有回答。然后，他非常小心地把她转过来，看着她的脸。她的额头上有两个弹孔，他很快就把目光移开了。他紧紧地闭上眼睛，摇着头。有声音从某处传来，但他没有听到。他不知道是自己在哀号。

他在那里待了一会儿，跪在莉娜身边。然后他站起来，穿过空地，走进树林寻找那辆雪佛兰。他发现它停在马车道附近的几棵树之间。钥匙在点火锁里，他开着雪佛兰进入空地。他把尸体放在后座上。他想，一定要把她送过去。这只是一个必须交付的包裹。

他带她去了贝尔维尔。在贝尔维尔，当局拘留了他三十二个小时。在那段时间里，他们给了他食物，但他不能吃。有一段时间，他和一些便衣警察一起上了一辆公务车，然后把他们带到树林里的房子里。他隐约意识到要回答他们的问题，尽管他的回答似乎让他们满意。他们在空地里发现汤姆森子弹时，这证实了他在贝尔维尔告诉他们的话。后来他们想更多地了解这场战斗，了解战斗的原因，他说他告诉不了他们太多。他说，这是这些人和他的兄弟之间的某种纠纷，他不确定这是怎么回事。他们盘问他，他不停地说："对不起，帮不到你。"这不是逃避。他真的无法告诉他们，因为他心里并不清楚。他离它很远，这对他来说并不重要，根本不重要。

然后，在贝尔维尔，他们再次询问他是否可以帮助确定受害者的身份。他们说他们做了一些检查,但找不到任何亲属或过去的工作记录。他重复了他之前告诉他们的,她是一名女招待,她的名字叫莉娜,他不知道她的姓氏。他们想知道有没有更多情况。他说他只知道这些,她从来没有告诉过她自己的事情。他们耸耸肩,让他在几份文件上签字,他签字完,他们就让他走了。就在他离开之前,他问他们是否找到了她在费城的住处。他们把她住房的地址给了他。他们有些困惑,因为他甚至不知道地址。

他离开后,其中一人评论道:"看上去他几乎不认识她。那他为什么这么卖命?那个男人被打得太重了,他太傻了。"

当天傍晚,在费城,他把雪佛兰还给了车主,然后回到自己的房间。他不假思索地拉下遮阳帘,然后锁上门。他在洗手盆边刷牙、刮胡子、梳头发。就好像他期待着有人陪伴,想做出体面的样子。他穿上一件干净的衬衫,系上领带,坐在床边等客人。

他在那里等了很长时间。每隔一段时间,他就会睡着,每当听到大厅里有脚步声,他就会从睡梦中惊醒。但是脚步声从来没有走近过门。

那天深夜有人敲门。他打开门,克拉丽斯带着一些三明治和一盒咖啡进来了。

他感谢了她,说他不饿。她打开三明治,把它们塞到他手里。她坐在那里看着他吃饭。食物没有味道,但他勉强吃了下去,用咖啡把它冲了下去。然后她给了他一支烟,自己点了一支,吸了几口后,她建议他们出去散步。她说空气对他有好处。

他摇了摇头。

她叫他睡一会儿,然后走出了房间。第二天,她带着更多的食物又来了。几天来,她不停地给他拿食物,催促他吃。第五天,他可以在没有人哄的情况下吃东西了。但他拒绝走出房间。每天晚上,她都让他去散步,告诉他需要新鲜空气和一些锻炼,他摇摇头。他用嘴唇对她微笑,但用眼睛恳求她不要管他。

一夜又一夜,她不停地请他去散步。之后第九个晚上,他没有摇头,而是耸耸肩,穿上大衣,他们就出去了。

他们在街上慢慢地走着,他不知道他们要去哪里。但突然,在黑暗中,他看到了点亮的指示牌发出的橙色光芒,其中一些灯泡不见了。

他停了下来。他说:"不去那里。我们不去那里。"

"为什么不?"

"那里没有什么东西值得我去。"他说,"在那里我很无奈。"

克拉丽斯抓住他的胳膊,把他拉向亮着的指示牌。

然后他们走进哈里特酒吧。这个地方挤满了人。每一张桌子都被占满了,沿着吧台分别有三排和四排。

同样的人群,同样喧闹的常客,只是现在很少有噪音,只有一些低沉的喃喃细语。

他想知道为什么哈里特酒吧里这么安静。然后他看到酒吧后面的哈里特。她直视着他，面无表情。

现在大家都在转过头来，人们都在看着他，他告诉自己离开这里，快离开。但是克拉丽斯紧紧抓住了他的胳膊。她拉着他向前走，带他走过桌子，走向钢琴。

"不。"他说，"我不能……"

"去他的不行。"克拉丽斯说，继续把他拉向钢琴边。

她把他推到转凳上。他坐在那里盯着键盘。

然后，哈里特说："来吧，给我们弹一首曲子。"

"但我做不到。"他一声不吭地说，就是不能。

"弹吧。"哈里特对他喊道，"你以为我付钱给你干什么？我们想听音乐。"

酒吧里有人喊道："弹吧，艾迪。敲打那些键盘，给这家酒吧注入活力。"

其他人也插嘴进来，哄他开始演奏。

他听到克拉丽斯说："来吧，伙计。你有听众。"

他们在等，他想。他们每天晚上都来这里等着。

但是你给不了他们任何东西。你就是没有什么东西好给出。

他闭上眼睛。不知从哪里传来了一句悄悄话,说:"你可以试试。"你至少可以尝试一下。

然后他听到了声音。它温暖而甜美,来自一架钢琴。他想,那是一架很好的钢琴。谁在弹这个?

他睁开眼睛。他看见自己的手指在抚弄键盘。

图书在版编目（CIP）数据

绝命钢琴师 /（美）戴维·古迪斯著；龚晓辉译. --
上海：上海文艺出版社，2025. --（域外故事会社会悬
疑小说系列）. -- ISBN 978-7-5321-9210-6

Ⅰ. I712.45

中国国家版本馆 CIP 数据核字第 2025R6G196 号

绝命钢琴师

著　者：[美]戴维·古迪斯
译　者：龚晓辉
责任编辑：蔡美凤　吴　艳
装帧设计：周　睿
责任督印：张　凯

出　版：上海文艺出版社
出　品：上海故事会文化传媒有限公司
（201101 上海市闵行区号景路159弄A座3楼 www.storychina.cn）
发　行：上海文艺出版社发行中心
（上海市闵行区号景路159弄A座2楼206室）
印　刷：上海中华印刷有限公司
开　本：889毫米×1194毫米　1/32　印张 8
版　次：2025年3月第1版　2025年3月第1次印刷
ISBN：978-7-5321-9210-6/I.7228
定　价：35.00元

版权所有·不准翻印

上海故事会文化传媒有限公司出品（01209）www.storychina.cn

想看更多精彩故事？
扫码下载故事会APP

上海故事会文化传媒有限公司所有图书可办理邮购，免收邮费（挂号除外）
汇款地址：上海市闵行区号景路159弄A座2楼206室（201101）；
收款人：上海故事会文化传媒有限公司出版发行部
联系电话：021-53204159
如发现本书有质量问题，请与印刷厂质量科联系T:021-60829062